毕飞宇——著

大雨如注

天津出版传媒集团
百花文艺出版社

图书在版编目（CIP）数据

大雨如注 / 毕飞宇著. -- 天津：百花文艺出版社,2017.3(2022.4 重印)
ISBN 978-7-5306-7165-8

Ⅰ. ①大… Ⅱ. ①毕… Ⅲ. ①中篇小说-小说集-中国-当代②短篇小说-小说集-中国-当代
Ⅳ. ①I247.7

中国版本图书馆 CIP 数据核字(2016)第 294864 号

大雨如注
DAYURUZHU
毕飞宇　著

出 版 人: 薛印胜
责任编辑: 赵世鑫　**装帧设计:** 苏艾设计
出版发行: 百花文艺出版社
地址: 天津市和平区西康路 35 号　**邮编:** 300051
电话传真: +86-22-23332651（发行部）
+86-22-23332656（总编室）
+86-22-23332478（邮购部）
网址: http://www.baihuawenyi.com
印刷: 山东临沂新华印刷物流集团有限责任公司
开本: 850 毫米×1168 毫米　1/32
字数: 137 千字
印张: 6.625
版次: 2017 年 3 月第 1 版
印次: 2022 年 4 月第 2 次印刷
定价: 58.00元

如有印装质量问题,请与山东临沂新华印刷物流集团有限责任公司联系调换
地址:山东省临沂市高新技术产业开发区新华路 1 号
电话:(0539)2925886
邮编:276017

目 录

001 哺乳期的女人

011 青衣

076 玉米

152 家事

170 一九七五年的春节

184 大雨如注

哺乳期的女人

断桥镇只有两条路，一条是三米多宽的石巷，一条是四米多宽的夹河。三排民居就是沿着石巷和夹河次第铺排开来的，都是统一的二层阁楼，楼与楼之间几乎没有间隙，这样的关系使断桥镇的邻居只有“对门”和“隔壁”这两种局面，当然，阁楼所连成的三条线并不是笔直的，它的蜿蜒程度等同于夹河的弯曲程度。断桥镇的石巷很安静，从头到尾洋溢着石头的光芒，又干净又安详。夹河里也是水面如镜，那些石桥的拱形倒影就静卧在水里头，千百年了，身姿都龙钟了，有小舢板过来它们就颤悠悠地让开去，小舢板一过去它们便驼了背脊再回到原来的地方去。不过夹河到了断桥镇的最东头就不是夹河了，它汇进了一条相当阔大的水面，这条水面对断桥镇的年轻人来说意义重大，断桥镇所有的年轻人都是在这条水面上开始他们的人生航程的。他们不喜欢断桥镇上石头与水的反光，一到岁数便向着远方世界蜂拥而去。断桥镇的年轻人沿着水路消逝得无影无踪，都来不及在水面上留下背影。好在水面一直都是一副不记事的样子。

旺旺家和惠嫂家对门。中间隔了一道石巷，惠嫂家傍山，是一座二三十米高的土丘；旺旺家依水，就是那条夹河。旺旺是一个七岁的男孩，其实并不叫旺旺。但是旺旺的手上整天都要提一袋旺旺饼干或旺旺雪饼，大家就喊他旺旺，旺旺的爷爷也这么叫，又顺口又喜气。旺旺一生下来就跟了爷爷了。他的爸爸和妈妈在一条拖挂船上跑运输，挣了不少钱，已经把旺旺的户口买到县城里去了。旺旺的妈妈说，他们挣的钱才够旺旺读大学，等到旺旺买房、成亲的钱都挣回来，他们就回老家，开一个酱油铺子。他们这刻儿正四处漂泊，家乡早就不是断桥镇了，而是水，或者说是水路。断桥镇在他们的记忆中越来越概念了，只是一行字，只是汇款单上遥远的收款地址。汇款单成了鳏父的儿女，汇款单也就成了独子旺旺的父母。

旺旺没事的时候坐在自家的石门槛上看行人。手里提了一袋旺旺饼干或旺旺雪饼。旺旺的父亲在汇款单左侧的纸片上关照的，“每天一袋旺旺”。旺旺吃腻了饼干，但是爷爷不许他空着手坐在门槛上。旺旺无聊，坐久了就会把手伸到裤裆里，掏鸡鸡玩。一手提了袋子，一手捏住饼干，就好了。旺旺坐在门槛上刚好替惠嫂看杂货铺。惠嫂家的底楼其实就是一爿铺子。有人来了旺旺便尖叫。旺旺一叫惠嫂就从后头笑嘻嘻地走了出来。

惠嫂原来也在外头，1996 年的开春才回到断桥镇。惠嫂回家是生孩子的，生了一个男孩，还在吃奶。旺旺没有吃过母奶。爷爷说，旺旺的妈天生就没有奶。旺旺衔他妈妈的奶头只有一次，吮不出内容，妈妈就叫疼，旺旺生下来不久便让妈妈送到奶奶这边来了，那时候奶奶还没有埋到后山去。同时送来的还有一只不锈钢碗和不锈钢调羹。奶奶把乳糕、牛奶、亨氏营养奶糊、鸡蛋黄、豆粉盛在锃亮的不锈钢碗里，再用锃亮的不锈钢调羹一点一点送到旺旺的嘴巴里。吃完了旺旺便笑，奶奶便用不锈钢调羹击打不锈钢空碗，发出悦耳冰凉的工业品声响。奶奶说："这是什么？这是你妈的奶子。"旺旺长得结结实实的，用奶奶的话说，比拱奶头拱出来的奶丸子还要硬挣。不过旺旺的爷爷倒是常说，现在的女人不行的，没水分，肚子让国家计划了，奶子总不该跟着瞎计划的。这时候奶奶总是对旺旺说，你老子吃我吃到五岁呢。吃到五岁呢。既像为自己骄傲又像替儿子高兴。

不过惠嫂是另外。惠嫂的脸、眼、唇、手臂和小腿都给人圆嘟嘟的印象。矮墩墩胖乎乎的，又浑厚又溜圆。惠嫂面如满月，健康，亲切，见了人就笑，笑起来脸很光润，两只细小的酒窝便会在下唇的两侧窝出来，有一种产后的充盈与产后的幸福，通身笼罩了乳汁芬芳，浓郁绵软，鼻头猛吸一下便又似有若无。惠嫂的乳房硕健巨大，在衬衣的背后分外醒目，而乳汁也就源远流长了，给人以取之不尽用之不竭的印象。惠嫂给孩子喂奶格外动人，她总是坐到铺子的外侧来。惠嫂不解扣子，直接把衬衣撩上去，把儿子的头搁到肘弯里，而后将身子靠过去。等儿子衔住了才把上身直起来。惠嫂喂奶总是把脖子倾得很长，抚弄儿子的小指甲或小耳垂，弄住了便不放了。有人来买东西，惠嫂就说："自己拿。"要找钱，惠嫂也说："自己拿。"旺旺一直留意惠嫂喂奶的美好静态，惠嫂的乳房因乳水的肿胀洋溢出过分的母性，天蓝色的血管隐藏在表层下面。旺旺坚信惠嫂的奶水就是天蓝色的，温暖却清凉。惠嫂儿子吃奶时总要有一只手扶住妈妈的乳房，那只手又干净又娇嫩，抚在乳房的外侧，在阳光下面不像是被照耀，而是乳房和手自己就会放射出阳光来，有一种半透明的晶莹效果，近乎圣洁，近乎妖娆。惠嫂喂奶从来不避讳什么，事实上，断桥镇除了老人孩子只剩下几个中年妇女了。惠嫂的无遮无拦给旺旺带来了企盼与忧伤。旺旺被奶香缠绕住了，忧伤如奶香一样无力，奶香一样不绝如缕。

惠嫂做梦也没有想到旺旺会做出这种事来。惠嫂坐在石门槛上给孩子喂奶，旺旺坐在对面隔了一条青石巷呢。惠嫂的儿子只吃了一只奶子就饱了，惠嫂把另一只送过去，她的儿子竟让开了，嘴里吐出奶的泡沫。但是惠嫂的这只乳房涨得厉害，便决定挤掉一些，惠嫂侧身站到墙边，双手握住了自己的奶子，用力一挤，奶水就喷涌出来了，一条线，带了一道弧线。旺旺一直注视着惠嫂的举动。旺旺看见那条雪白的乳汁喷在墙上，被墙的青砖汲干净了。旺旺闻到了那股奶香，在青石巷十分温暖十分慈祥地四处弥漫。旺旺悄悄走到对面去，躲在墙的拐角。惠嫂挤完了又把儿子抱到腿上来，孩子在哼叽，惠嫂又把衬衣撩上去。但孩子不肯吃，只是拍着妈妈的乳房自己和自己玩，嘴里说一些单调的听不懂的声音。惠嫂一点都没有留神旺旺已经过来了。旺旺拨开婴孩的手，埋下脑袋对准惠嫂的乳房就是一口。咬住了不放。惠嫂的一声尖叫在中午的青石巷里又突兀又悠长，把半个断桥镇都吵醒了。要不是这一声尖叫，旺旺肯定还是不肯松口的。旺旺没有跑，他半张了嘴巴，表情又愣又傻。旺旺看见惠嫂的右乳上印上了一对半圆形的牙印与血痕，惠嫂回过神来，还没有来得及安抚惊啼的孩子，左邻右舍就来人了。惠嫂又疼又羞，责怪旺旺说："旺旺，你要死了。"

旺旺的举动在当天下午便传遍断桥镇上。这个没有报纸的小镇到处在口播这条当日新闻。人们的话题自然集中在性上头，只是没有挑明了说。人们说："要死了，小东西才七岁就这样了。"人们说："断桥镇的大人也没有这么流氓过。"当然，人们的心情并不沉重，是愉快的，新奇的。人们都知道惠嫂的奶子让旺旺咬了，有人就拿惠嫂开心，在她的背后高声叫喊电视上的那句广告词，说："惠嫂，大家都'旺'一下。"这话很逗人，大伙儿都笑，惠嫂也笑。但是惠嫂的婆婆显得不开心，拉了一张脸走出来说："水开了。"

旺旺爷知道下午的事是在晚饭之后。尽管家里只有爷孙两个，爷爷每天还要做三顿饭，每顿饭都要亲手给旺旺喂下去。那只不锈钢碗和不锈钢调羹和昔日一样锃亮，看不出磨损与锈蚀。爷爷上了岁数，牙掉了，那根老舌头也就没人管了，越发无法无天，唠叨起来没完。往旺旺的嘴里喂一口就要唠叨一句，"张开嘴唇，闭上嘴嚼，吃完了上床睡大觉。""一口蛋，一口肉，长大了挣钱不发愁。"诸如此类，都是他自编的顺口溜。但是旺旺今天不肯吃。调羹从右边喂过来他让到左边去，从左来了又让到右边去。爷爷说："蛋也不吃，肉也不咬，将来怎么挣钞票？"旺旺的眼睛一直盯住惠嫂家那边。惠嫂家的铺子里有许多食品。爷爷问："想要什么？"旺旺不开口。爷爷说："克力架？"爷爷说："德芙巧克力？"爷爷说："亲亲八宝粥？"旺旺不开口，亲亲八宝粥旁边是澳洲的全脂奶粉，爷爷说："想吃奶？"旺旺回过头，泪汪汪地正视爷爷。爷爷知道孙子想吃奶，到对门去买了一袋，用水冲了，端到旺旺的面前来，说："旺旺吃奶了。"旺旺咬住不锈钢调羹，吐在了地上，顺手便把那只不锈钢碗也打翻了。不锈钢在石头地面活蹦乱跳，发出冰凉的金属声响。爷爷向旺旺的腮边伸出巴掌，大声说："捡起来！"旺旺不动，像一块咸鱼，翻了一双白眼。爷爷把巴掌举高了，说："捡不捡？"又高了，说："捡不捡？"爷爷的巴掌举得越高，离旺旺也就越远。爷爷放下巴掌，说："小祖宗，捡呀！"

是爷爷自己把不锈钢餐具捡起来了。爷爷说："你怎么能扔这个？你就是这个喂大的，这可是你的奶水，你还扔不扔？啊！扔不扔？——还有七个月就过年了，你看我不告诉你爸妈！"

按照生活常规，晚饭过后，旺旺爷到南门屋檐下的石码头上洗碗。隔壁的刘三爷在洗衣裳。刘三爷一见到旺旺爷便笑，笑得很鬼。刘三爷说："旺爷，你家旺旺吃人家惠嫂豆腐，你教的吧？"旺旺爷听不明白，但从刘三爷的皱纹里看到了七拐八弯的东西。刘三爷瞟他一眼，小声说："你孙子下午把惠嫂的奶子啃了，出血啦！"

旺旺爷明白过来脑子里轰隆就一声。可了不得了。这还了得？旺旺爷转过身就操起扫帚，倒过来握在手上，揪起旺旺冲着屁股就是三四下，小东西没有哭，泪水汪了一眼，掉下来一颗，又汪开来，又掉。他的泪无声无息，有一种出格的疼痛和出格的悲伤。这种哭法让人心软，叫大人再也下不了手。旺旺爷丢了扫帚，厉声诘问说："谁教你的？是哪一个畜生教你的？"旺旺不语。旺旺低下头泪珠又一大颗一大颗往下掉。旺旺爷长叹一口气，说："反正还有七个月就过年了。”

旺旺的爸爸和妈妈每年只回断桥镇一次。一次六天，也就是大年三十到正月初五。旺旺的妈妈每次见旺旺之前都预备了好多激情，一见到旺旺又是抱又是亲。旺旺总有些生分，好多举动一下子不太做得出。这样一来旺旺被妈妈搂着就有些受罪的样子，被妈妈摆弄过来又摆弄过去。有些疼。有些别扭。有些需要拒绝和挣扎的地方。后来爸爸妈妈就会取出许多好玩的好吃的，都是与电视广告几乎同步的好东西，花花绿绿一大堆，旺旺这时候就会幸福，愣头愣脑地把肚子吃坏掉。旺旺总是在初三或者初四开始熟悉和喜欢他的爸爸和妈妈，喜欢他们的声音，气味。一喜欢便想把自己全部依赖过去，但每一次他刚刚依赖过去他们就突然消失了。旺旺总是扑空，总是落不到实处。这种坏感觉旺旺还没有学会用一句完整的话把它们说出来。旺旺就不说。初五的清早他们肯定要走的。旺旺在初四的晚上往往睡得很迟，到了初五的早上就醒不来了，爸爸的大拖挂就泊在镇东的阔大水面上。他们放下一条小舢板沿着夹河一直划到自家的屋檐底下。走的时候当然也是这样，从窗棂上解下绳子，沿夹河划到东头，然后，拖挂的粗重汽笛吼叫两声，他们的拖挂就远去了。他们走远了太阳就会升起来。旺旺起来的时候天上只有太阳，地上只有水。旺旺的瞳孔里头只剩下一颗冬天的太阳，一汪冬天的水。太阳离开水面的时候总是拽着的，扯拉着的，有了痛楚和流血的症状。然后太阳就升高了，苍茫的水面成了金子与银子铺成的路。

由于旺旺的意外袭击，惠嫂的喂奶自然变得小心些了。惠嫂总是躲在柜台的后面,再解开上衣上的第二个纽扣。但是接下来的两天惠嫂没有看见旺旺。原来天天在眼皮底下,不太留意,现在看不见,反倒格外惹眼了。惠嫂中午见到旺旺爷,顺嘴说:"旺爷,怎么没见旺旺了?"旺旺的爷爷这几天一直羞于碰上惠嫂,就像刘三爷说的那样,要是惠嫂也以为旺旺那样是爷爷教的,那可要羞死一张老脸了。旺旺的爷还是让惠嫂堵住了,一双老眼也不敢看她。旺旺爷顺了嘴说:"在医院里头打吊针呢?"惠嫂说:"怎么了?好好的怎么去打吊针了?"旺旺爷说:"发高烧,退不下去。"惠嫂说:"你吓唬孩子了吧?"旺旺爷十分愧疚地说:"不打不骂不成人。"惠嫂把孩子换到另一只手上去,有些责怪,说:"旺爷你说什么嘛? 七岁的孩子,又能做错什么?"旺旺爷说:"不打不骂不成人。"惠嫂说:"没有伤着我的,就破了一点皮,都好了。"这么一说旺旺爷又低下头去了,红了脸说:"我从来都没有和他说过那些,从来没有。都是现在的电视教坏了。"惠嫂有些不高兴,甚至有些难受,说话的口气也重了:"旺爷你都说了什么嘛?"

旺旺出院后人瘦下去一圈。眼睛大了,眼皮也双了。嘎样子少了一些,都有点文静了。惠嫂说:"旺旺都病得好看了。"旺旺回家后再也不坐石门槛了,惠嫂猜得出是旺爷定下的新规矩,然而惠嫂知道旺旺躲在门缝的背后看自己喂奶,他的黑眼睛总是在某一个圆洞或木板的缝隙里忧伤地闪烁。旺爷不让旺旺和惠嫂有任何靠近,这让惠嫂有一种说不出的难受。旺旺因此而越发鬼祟,越发像幽灵一样无声游荡了。惠嫂有一回抱了孩子给旺旺送几块水果糖过来,惠嫂替她的儿子奶声奶气地说:“旺旺哥呢?我们请旺旺哥吃糖糖。”旺旺一见到惠嫂便藏到楼梯的背后去了。爷爷把惠嫂拦住说:“不能这样没规矩。”惠嫂被拦在门外,脸上有些挂不住,都忘了学儿子说话了,说:“就几块糖嘛。”旺爷唬了脸说:“不能这样没规矩。”惠嫂临走前回头看一眼旺旺,旺旺的眼神让所有当妈妈的女人看了都心酸,惠嫂说:“旺旺,过来。”爷爷说:“旺旺!”惠嫂说:“旺爷你这是干什么嘛!”

但旺旺在偷看,这个无声的秘密只有旺旺和惠嫂两个人明白。这样下去旺旺会疯掉的,要不就是惠嫂疯掉。许多中午的阳光下面狭长的石巷两边悄然存放了这样的秘密。瘦长的阳光带横在青石路面上,这边是阴凉,那边也是阴凉。阳光显得有些过分了,把傍山依水的断桥镇十分锐利地劈成了两半,一边依山,一边傍水。一边忧伤,另一边还是忧伤。

旺爷在午睡的时候也会打呼噜的。旺爷刚打上呼噜旺旺就逃到楼下来了。趴在木板上打量对面,旺旺就是在这天让惠嫂抓住的。惠嫂抓住他的腕弯,旺旺的脸给吓得脱去了颜色。惠嫂悄声说:“别怕,跟我过来。”旺旺被惠嫂拖到杂货铺的后院。后院外面就是山坡,金色的阳光正照在坡面上,坡面是大片大片的绿,又茂盛又肥沃,油油的全是太阳的绿色反光。旺旺喘着粗气,有些怕,被那阵奶香裹住了。惠嫂蹲下身子,撩起上衣,巨大浑圆的乳房明白无误地呈现在旺旺的面前。旺旺被那股气味弄得心碎,那是气味的母亲,气味的至高无上。惠嫂摸着旺旺的头,轻声说:“吃吧,吃。”旺旺不敢动。那只让他牵魂的母亲和他近在咫尺,就在鼻尖底下,伸手可及。旺旺抬起头来,一抬头就汪了满眼泪,脸上又羞愧又惶恐。惠嫂说:“吃吧——别咬,衔住了,慢慢吸。”旺旺把头靠过来,两只小手慢慢抬起来了,抱向了惠嫂的右乳。但旺旺的双手在最后的关头却停住了。万分委屈地说:“我不。”

惠嫂说:“傻孩子,弟弟吃不完的。”

旺旺流出泪,他的泪在阳光底下发出六角形的光芒,有一种烁人的模样。旺旺盯住惠嫂的乳房拖了哭腔说:“我不。不是我妈妈!”旺旺丢下这句没头没脑的话回头就跑掉了。惠嫂拽下上衣,跟出去,大声喊道:“旺旺,旺旺……”旺旺逃回家,反闩上门。整个过程在幽静的正午显得惊天动地,惠嫂的声音几乎也成了哭腔。她的手拍在门上,失声喊道:“旺旺!”

旺旺的家里没有声音。过了一刻旺爷的鼾声就中止了。响起了急促的下楼声。再过了一会儿,屋里发出了另一种声音,是一把尺子抽在肉上的闷响,惠嫂站在原处,伤心地喊:“旺爷,旺爷!”

又围过来许多人。人们看见惠嫂拍门的样子就知道旺旺这小东西又“出事”了。有人沉重地说:“这小东西,好不了啦。”

惠嫂回过头来。她的泪水泛起了一脸青光像母兽。有些惊人。惠嫂凶悍异常地吼道:“你们走!走!——你们知道什么?”

青　衣

一

乔炳璋参加这次宴会完全是一笔糊涂账。宴会都进行到一半了，他才知道对面坐着的是烟厂的老板。乔炳璋是一个傲慢的人，而烟厂的老板更傲慢，所以他们的眼睛几乎没有好好对视过。后来有人问“乔团长”，这些年还上不上台了？炳璋摇了摇头，大伙儿才知道“乔团长”原来就是剧团里著名的老生乔炳璋，八十年代初期红过好一阵子的，收音机里头一天到晚都是他的唱腔。大伙儿就向他敬酒，开玩笑说，现在的演员脸蛋比名字出名，名字比嗓子出名，乔团长没赶上。乔团长很好听地笑了笑。这时候对面的胖大个子冲着乔炳璋说话了，说：“你们剧团有个叫筱燕秋的吧？”又高又胖的烟厂老板担心乔炳璋不知道筱燕秋，补充说：“1979 年在《奔月》中演过嫦娥的。”乔炳璋放下酒杯，闭上眼睛，缓慢地抬起眼皮，说：“有的。”老板不傲慢了，他把乔炳璋身边的客人哄到自己的座位上去，坐到乔炳璋的身边，右手搭到乔炳璋的肩膀上，说："都快二十年了，怎么没她的动静？"乔炳璋一脸的矜持，解释说："这些年戏剧不景气，筱燕秋女士主要从事教学工作。"烟厂老板一听这话直着腰杆子反问说："什么景气？你说说什么景气？关键是钱。"老板向乔炳璋送出他的大下巴，莫名其妙地颁布了他的命令，说："让她唱。"乔炳璋的脸上带上了狐疑的颜色，试探性地说："听老板的意思，老板想为我们搭台啰？"老板的脸上重又傲慢了，他一傲慢脸上就挂上了伟人的神情。老板说："让她唱。"乔炳璋对小姐招招手，让她给自己换上白酒。炳璋捏着酒杯站起身，说："老板可是开玩笑？"老板不仅傲慢，还严肃，一严肃就像做报告。老板说："我们厂没别的，钱还有几个。——你可不要以为我们光会赚钱，光会危害人民的身体健康，我们也要建设精神文明。干了。"老板没有起立，乔炳璋却弓着腰站起来了。他用酒杯的沿口往老板酒杯的腰部撞了一下，仰起了脖子。酒到杯干。乔炳璋激动了。人一激动就顾不上自己的低三下四。乔炳璋连声说："今天撞上菩萨了，撞上菩萨了。"

《奔月》是剧团身上的一块疤。其实《奔月》的剧本早在 1958 年就写成了，是上级领导作为一项政治任务交待给剧团的。他们打算在一年之后把《奔月》送到北京，献给共和国十周岁的生日。可是，公演之前一位将军看了内部演出，显得很不高兴。他说："江山如此多娇，我们的女青年为什么要往月球上跑？"这句话把剧团领导的眼睛都说绿了，浑身竖起了鸡皮疙瘩。《奔月》当即下马。

严格地说，后来的《奔月》是被筱燕秋唱红的，当然，《奔月》反过来又照亮了筱燕秋。戏运带动人运，人运带动戏运，戏台本来就是这么回事。不过这已经是1979年的事了。1979年的筱燕秋年方十九，正是剧团上下一致看好的新秀。十九岁的燕秋天生就是一个古典的怨妇，她的运眼、行腔、吐字、归音和甩动的水袖弥漫着一股先天的悲剧性，对着上下五千年怨天尤人，除了青山隐隐，就是此恨悠悠。说起来十五岁那年筱燕秋还在《红灯记》中客串过一次李铁梅的，她高举着红灯站立在李奶奶的身边，没有一点铮铮铁骨，没有一点“打不尽豺狼决不下战场”的霹雳杀气，反倒秋风秋雨愁煞人了。气得团长冲着导演大骂，谁把这个狐狸精弄来了！?

但到了1979年，《奔月》第二次上马了。试妆的时候筱燕秋的第一声导板就赢来了全场肃静。重新回到剧团的老团长远远地打量着筱燕秋，嘟哝说：“这孩子，黄连投进了苦胆胎，命中就有两根青衣的水袖。”

老团长是坐过科班的旧艺人，他的话一言九鼎。十九岁的筱燕秋立马变成了A档嫦娥。B档不是别人，正是当红青衣李雪芬。李雪芬在几年前的《杜鹃山》中成功地扮演过女英雄柯湘，称得上红极一时。但是，在A档和B档这个问题上，李雪芬表现出了一位成功演员的得体与大度。李雪芬在大会上说：“为了剧团的明天，我愿意做好传帮带，我愿意把我的舞台经验无私地传授给筱燕秋同志，做一个合格的接力棒。”筱燕秋眼泪汪汪地和同志们一起鼓了掌。《奔月》被筱燕秋唱红了。剧组在各地巡回演出，《奔月》成了全省戏剧舞台上最轰动的话题。所到之处，老戏迷抚今追昔，青年人则大谈古代的服装。全省的文艺舞台“和其他各条战线一样”，迎来了他们的“第二个春天”。《奔月》唱红了，和《奔月》一样蹿红的当然是当代嫦娥筱燕秋。军区著名的将军书法家一看完《奔月》就豪情迸发，他用苍松翠柏般的遒劲魏体改换了叶剑英元帅的伟大诗篇：“攻城不怕坚／攻戏莫畏难／梨园有险阻／苦战能过关”。下面是一行行书落款：“与燕秋小同志共勉”。将军书法家把筱燕秋叫到了家中，他在抚今追昔之后亲自将一条横幅送到了筱燕秋的手上。

谁能料得到“燕秋小同志”会自毁前程呢。事后有老艺人说，《奔月》这出戏其实不该上。一个人有一个人的命，一出戏有一出戏的命。《奔月》阴气过重，即使上，也得配一个铜锤花脸压一压，这样才守得住。后羿怎么说也应当是花脸戏，须生怎么行？就是到兄弟剧团去借也得借一个。否则剧组怎么会出那么大的乱子，否则筱燕秋怎么会做那样的事？

《奔月》剧组到坦克师慰问演出是一个冰天雪地的日子。这一天李雪芬要求登台。事实上，李雪芬的要求不过分。她毕竟是嫦娥的B 档。相反，过分的倒是筱燕秋。《奔月》公演以来，筱燕秋就一直霸着毡毯，一场都没有让过。嫦娥的唱腔那么多，戏那么重，筱燕秋总是说自己“年轻”，“没问题”，“青衣又不是刀马旦”，“吃得消的”。其实大伙儿早就看出来了，闷不吭声的筱燕秋心气实在是太旺了，有吃独食的意思。这孩子的名利心开始膨胀了，想着法子横在李雪芬的面前。可是谁也没法说，领导一找她，她漂亮的小脸就成了猪肝。筱燕秋没心没肺，就有猪肝，她是做得出来的。领导们只能反过来给李雪芬做工作，让她“多指点指点年轻人”，“多扶持扶持年轻人”。可是李雪芬这一次的理由很充分，李雪芬说，她演《杜鹃山》的时候就经常下部队，今天上午还有很多战士冲着她喊“柯湘”呢，她在部队有观众基础，她不上台，“战士们不答应”。

李雪芬在这个晚上征服了坦克师的所有官兵，他们从嫦娥的身上看到了当年柯湘的影子，当年的柯湘头戴八角帽，一双草鞋，一把手枪，威风凛凛的。而今夜的柯湘却穿起了古装。李雪芬嗓音高亢，音质脆亮，激情奔放，这种高亢与奔放经过十多年的巩固与发展，业已构成了李雪芬独特的表演风格，即李派唱腔。基于此，李雪芬在舞台上曾经成功地塑造过一连串的巾帼豪杰，透过李雪芬的一招一式，观众们可以看到女战士慷慨赴死，女民兵英姿飒爽，女知青豪情冲天，女支书须眉不让。李雪芬在这个晚上重点展示了她的高亢嗓音，战士们有组织地给她鼓掌，掌声整齐而又有力，使人想起接受检阅的正步方阵。没有人注意到筱燕秋。其实戏演到一半，筱燕秋已经披着军大衣来到舞台了，一个人站立在大幕的内侧，冷冷地注视着舞台上的李雪芬。谁都没有注意到筱燕秋，谁都没有发现筱燕秋的脸色有多难看。厄运在这个时候其实已经降临了，它笼罩着筱燕秋，同时也笼罩着李雪芬。《奔月》演完了。五次谢幕之后，李雪芬来到了后台，脸上洋溢着一股难以掩抑的飞扬神采。李雪芬就是在这个时候和筱燕秋在后台相遇了，面对面。一个热气腾腾，一个寒风飕飕。李雪芬一看见筱燕秋的脸色便主动迎了上去，左手拉着筱燕秋的右手，右手拉着筱燕秋的左手，说：“燕秋，都看了？”筱燕秋说：“看了。”李雪芬说：“还行吧？”筱燕秋却不开口。说话的工夫许多人已经走上来了，围在了她们的四周。李雪芬掀掉肩膀上的军大衣，说：“燕秋，我正想和你商量呢，你看看这样，这样，这句唱腔我们这样处理是不是更深刻一些,哎,这样。”李雪芬这么说着,手指已经翘成了兰花状,一挑眉毛,兀自唱了起来。艺人们都是知道的,同行是冤家,即使是师傅传艺,“宁教一声腔,不教一个字,宁教一个字,不教一口气”。可是李雪芬不。她把李派唱腔的一字一气毫无保留地演示给了筱燕秋。筱燕秋不声不响,只是望着李雪芬。人们站立在李雪芬和筱燕秋的四周,默默地看着剧团里的两代青衣,一个德艺双馨,一个谦虚好学,许多人都看到了这个令人感慨的一幕,这个令人心宽的一幕。但是筱燕秋的眼神很快就出了问题了,是那种极为不屑的样子。所有的人都看得出,燕秋这孩子的心气实在是太旺了,心里头不谦虚就算了,连目光都不会谦虚了。李雪芬却浑然不觉,演示完了,李雪芬对着筱燕秋探讨性地说:“你看,这样,这才是旧社会的劳动妇女。我们这样处理,是不是好多了?”筱燕秋一直瞅着李雪芬,脸上的表情有些说不上来路。“挺好,”筱燕秋打断了李雪芬,笑着说,“只不过你今天忘了两样行头。”李雪芬一听这话就把双手捂在了身上,又捂到头上去,慌忙说:“我忘了什么了?”筱燕秋停了好大一会儿,说:“一双草鞋。一把手枪。”大伙儿愣了一下,但随即就和李雪芬一起明白过来了。燕秋这孩子真是过分了,眼里不谦虚就不谦虚吧,怎么说嘴上也不该不谦虚的!筱燕秋微笑着望着李雪芬,看着热气腾腾的李雪芬一点一点地凉下去。李雪芬突然大声说:“你呢?你演的嫦娥算什么?丧门星,狐狸精,整个一花痴!关在月亮里头卖不出去的货!”李雪芬的脚尖一踮一踮的,再一次热气腾腾了。这一回一点一点凉下去的却是筱燕秋。筱燕秋似乎被什么东西击中了,鼻孔里吹的是北风,眼睛里飘的却是雪花。这时候一位剧务端过来一杯开水,打算给李雪芬焐焐手。筱燕秋顺手接过剧务手上的搪瓷杯,"呼"地一下浇在了李雪芬的脸上。

后台立即变成了捅开的马蜂窝。筱燕秋愣在原处,看着无序的身影在自己的面前疾速穿梭,耳朵里充斥着慌乱的脚步声。脚步声轰隆轰隆的,从后台移向了过道,从过道移向了远处,最后变成了远处汽车的马达声。眨眼的工夫后台就空荡荡的了,而过道更空荡,像通往月亮的路。筱燕秋站立在原处,愣了好大一会儿,沿着寂静的过道拐进了化妆间。筱燕秋站在镜子面前,吃惊地盯着镜子里的自己。直到这个时候筱燕秋才弄明白自己到底干了什么。她失神地望着自己的双手,一屁股坐在了化妆间的凳子上。

保温杯里的水到底有多烫,这个问题已经没有任何意义了。事情的"性质"永远决定着事态的严峻程度。一心扶持筱燕秋的老团长气得晃起了脑袋,他把中指与食指并在一处,对着筱燕秋的鼻尖晃了十来下。老团长说:"你,你,你,你你你你你呀——啊!"老团长急得都不会说话了,就会背戏文,"丧尽天良本不该,名利熏心你毁就毁在妒良才!"

"不是这样的。"筱燕秋说。

"又是哪样?"

"不是这样的。"筱燕秋泪汪汪地说。

老团长一拍桌子,说:"又是哪样?"

筱燕秋说:"真的不是这样的。"

筱燕秋离开了舞台。嫦娥的 A 角调到戏校任教去了,而 B 角则躺在医院不出来。《奔月》第二次熄火。"初放蕊即遭霜雪摧,二度梅却被冰雹擂。”《奔月》没那个命。

二

谁能想到《奔月》会遇上菩萨呢。

启动资金终于到账了。这些日子炳璋一直心事重重。他在等。没有烟厂的启动资金,《奔月》只能是水中月。其实炳璋只等了十一天,可是炳璋就好像熬过了一个漫长的岁月。等钱的日子里炳璋发现,钱不只是数量,还是时光的长度。这年头钱这东西越来越古怪了。

但是,炳璋没有料到反对筱燕秋重新登台的力量如此巨大,预备会在筱燕秋能不能登台这个问题上僵持住了。炳璋把玩着手上的圆珠笔,一直在听。后来他把手上的圆珠笔丢到会议桌的桌面上,上身靠在了椅背上。炳璋笑了笑,说:“你们还是让步吧,人家可是点了筱燕秋的名的。这年头给钱让步,不丢脸。”会议室里一片沉默。人们不说话。不说话虽说还是反对,但通融的余地肯定就大了。幸亏李雪芬离开剧团开饭店去了,要不然,李派唱腔的高亢嗓音炳璋现在可是招架不住的。大伙儿继续沉默,不说是,也不说否。但无声有时就是默许。炳璋顺势利导,很含糊地说:“我看就这样了吧。”

然而,谁担纲 B 档,问题又来了。对一个演员来说,给当红演员做 B 档,本来就是一个寒碜人的角色,更何况又是筱燕秋的 B 档呢。还是老高出了一个好主意,B 档让筱燕秋自己在学生里头挑。筱燕秋忌妒心再重,再名欲熏心、利欲熏心,总不能和自己的弟子争风。大家都说好。可是老高接下来的一句话让炳璋心里不踏实了。老高说："我看你们都白说，二十年过去了，筱燕秋也四十岁的人了，她的嗓子还能不能扛得住？我看玄。"这句话让炳璋觉得自己真的疏忽了，怎么就没有想到这个？毕竟是二十年呢。二十年，什么样的好钢不给你锈成渣？炳璋偷偷地叹了一口气。会议开来开去，在筱燕秋一个人的身上就纠缠了将近两个小时。这哪里是筹备？简直是回顾历史。没钱的时候想钱，钱来了却不知道怎么花。钱这东西不只是时光的长度，还有历史的脸色。钱这东西现在实在是太古怪了。

炳璋想听筱燕秋溜溜嗓子，这是必须的。要不然，烟厂的钱再多，还不如拿来卷鞭炮去放响呢。筱燕秋依照约定的时间来到会议室，刚一落座，炳璋发现自己又冒失了。很空的会议室里头只有他们两个，炳璋坐在这头，筱燕秋坐在那头，中间隔了一张长长的椭圆桌，有些公事公办的意味。筱燕秋胖了，人却冷得很，像一台空调，凉飕飕地只会放冷气。炳璋打算先和筱燕秋谈一谈《奔月》的，可《奔月》是筱燕秋永远的痛，炳璋越发不知道从哪儿开口了。

炳璋有几分惧怕筱燕秋。要是细说起来，炳璋比筱燕秋还长出一个辈分，不过筱燕秋的脾气戏校里头可是有名的。这个女人平时软绵绵的，一举一动都有些逆来顺受的意思，有点像水。但是，你要是一不小心冒犯了她，眨眼的工夫她就有可能结成了冰，寒光闪闪的，用一种愚蠢而又突发性的行为冲着你玉碎。所以戏校食堂里的师傅们都说："吃油要吃色拉油，说话别找筱燕秋。"炳璋不知道怎么和筱燕秋挑开话题，就开始和筱燕秋绕。一会儿聊她的生活，一会儿聊她的教学、学生，还扯到了天气。有些前言不搭后语。东扯西拽了几分钟，筱燕秋闷头闷脑地说："你到底想和我说什么？"炳璋被堵住了，心里头一急，脱口说："你亮个相吧。"筱燕秋望着炳璋，把两只胳膊放到桌面上来，抱成了一个半圆，却又看不出任何风吹草动。筱燕秋毫无表情地望着炳璋，突然说："想听什么？是西皮《飞天》还是二簧《广寒宫》？"《飞天》和《广寒宫》是《奔月》里著名的唱腔选段，筱燕秋因为《奔月》倒了二十年的霉，这刻儿主动把话题扯到《奔月》上去，无疑就有了一种挑衅的意思，有了一种子弹上膛的意思。炳璋本能地直了直上身，等着筱燕秋的唇枪舌剑。不过炳璋手里有牌，倒也没有过分担心。炳璋说："那就来一段二簧。"筱燕秋站起身，离开座椅，拽了拽上衣的前下摆，又拽了拽上衣的后下摆，把目光放到窗户的外面去，凝神片刻，开始云手，运眼，咿咿呀呀地居然进了戏。她的嗓音还是那样的根深叶茂。炳璋还没有来得及诧异，一阵惊喜已经袭上了心头。一个贪婪而又充满悔恨的嫦娥已经站立在他的面前了。炳璋闭上眼睛，把右手插进裤子的口袋，翘起了四只手指头，慢慢地敲了起来，一个板，三个眼，再一个板，再三个眼。

筱燕秋一口气唱了十五分钟。炳璋睁开眼，眯起来，仔细详尽地打量起面前的这个女人。这段二簧慢板转原板转流水转高腔有极为复杂的表现难度，音域又那么宽，一个离开戏台二十年的演员能把它一口气完成下来，答案只有一个，她一直没有丢。炳璋歪在椅子里头，没有动。但是，他在暗中唏嘘感叹了一回。二十年，二十年哪。炳璋有些百感交集，对筱燕秋说："你怎么一直坚持下来了？"

"坚持什么？"筱燕秋说，"我还能坚持什么。"

炳璋说："二十年，不容易。"

"我没有坚持，"筱燕秋听懂炳璋的话了，仰起脸说，"我就是嫦娥。”

筱燕秋从炳璋的办公室里出来，人却恍惚了。这是十月里的一个日子，一个有风有阳光的日子。像春天。风和阳光都有些明媚，都有些荡漾，但是恍惚，像梦寐，萦绕在筱燕秋的周遭。筱燕秋踩着自己的身影，就这么在马路上游走。后来筱燕秋停下了脚步，迷迷糊糊朝四下打量。筱燕秋低下头，失神地看着自己的身影。现在正是午后，筱燕秋的影子很短，胖胖的，像一个侏儒。筱燕秋注视着自己的身影，夸张变形的身影臃肿得不成样子，仿佛泼在地上的一摊水。筱燕秋往前走了几大步，地上的身影像一个巨大的蛤蟆那样也往前爬了几大步。筱燕秋突然凝神了，确信了这样一个事实：地上的身影才是自己，而自己的身体只是影子的附带物。人就是这样，都是在某一个孤独的刹那突然发现并认清了自己的。筱燕秋的眼神再一次茫然了，伤心与绝望成了十月的风，从一个不确切的地方吹来，又飘到一个不确切的地方去了。

筱燕秋突然决定减肥，立即就减。

在命运出现转机的时候，女人们习惯于以减肥开启她们的崭新人生。筱燕秋叫了一辆红夏利，直奔人民医院而去。人民医院是筱燕秋的伤心之地。这么多年了，即使在肾脏闹得最厉害的日子，筱燕秋也没有到这家医院就诊过一次。她的命运其实就是在人民医院彻底改变的，或者说，她的内心就是在人民医院彻底被击垮的。李雪芬住院的第二天，筱燕秋就被老团长逼到人民医院来了。李雪芬躺在医院里发过话了，只有筱燕秋自我批评的“态度”让她满意，她才可以考虑“是不是放她一马”。老团长一心想保筱燕秋，这一点全团的上下都是知道的。老团长亲手给筱燕秋写了一份检查,让她到医院里念。事态是明摆着的,筱燕秋必须在李雪芬的面前走好这个场,剩下来的话才能往下说。筱燕秋看完检查书,合起来,急了。她一急就更加愚蠢。筱燕秋拼命地辩解说:“我没有嫉妒她,我不是故意想毁了她。”老团长盯着筱燕秋,到了这样的光景这孩子的心气还这么旺,老团长的眼睛都气红了,就想抽她一耳光,怔了好半天又下不了手。老团长甩开了胳膊,大声说:“大牢我待过七年,我可不想到那地方去看你!”筱燕秋望着老团长的背影,她从老团长的背影里头看清了自己潜在的厄运。

筱燕秋还是到人民医院去了。李雪芬躺在床上,脸上蒙着一块很大的白纱布。团里的领导都在,《奔月》的主创也在,高高矮矮站了一屋子。筱燕秋把两手叉在小肚子前面,走到李雪芬的床前,耷拉着两只眼皮。她看着自己的脚尖,开始骂。她把自己的祖宗八代里里外外都骂了一遍,骂成了一摊屎。骂完了,病房里静悄悄的,没有一个人说话,只有李雪芬在纱布的后面干咳了一声。气氛顿时压抑了。没有人好说什么。李雪芬到现在都没有把筱燕秋告到公安局去,已经算对得起她了。筱燕秋承受不了这样的压抑,泪汪汪地四处找人。老团长站在门框的旁边,对她瞪起了眼睛。筱燕秋没有退路了,她慢腾腾地从口袋里掏出检查书,一层一层地打开来,开始念。筱燕秋像油印打字机那样,一个字一个字地往外蹦。念完了,所有的人都松了一口气。检查书的内容最终肯定了检查者的“态度”。李雪芬把脸上的纱布掀开来,她的脸上紫红了一大块,涂着一层油亮亮的膏。李雪芬接过检查书,拉起筱燕秋的手,笑着说:“燕秋,你还年轻,心胸要宽,可不能再这样了。”筱燕秋看到了李雪芬的笑。还没看清，李雪芬却又把脸盖上了。筱燕秋感到李雪芬的笑容才是一杯水，并不烫，浇在了筱燕秋的心坎上。“嗞”地一下，筱燕秋如焰的心气就彻底熄灭了。

筱燕秋走出病房的时候满天都是大太阳。她走到楼梯口，站在扶手的旁边停下了脚步，转过头来。她看到了老团长如释重负的叹息。老团长对她点了点头。筱燕秋就那么望着老团长，突然也笑了一下，可是没能收住。她笑出了声来，一阵一阵的，两个肩头一耸一耸的，像戏台上须生或者花脸才有的狂笑。许多人都听到了筱燕秋出格的动静，她们从病房里探出脑袋，一起望着筱燕秋。筱燕秋就知道傻笑，膝盖一软，顺着楼梯的沿口一头栽了下去，从四楼一直滚到了三楼半。大伙儿跟下来，筱燕秋趴在水磨石地板上，听见老团长不停地对众人说："态度还是好的，态度还是深刻的。"

都二十年了。筱燕秋挂的是内分泌科，开过药，筱燕秋特地绕到了后院。二十年了，筱燕秋远远地看见了那座病房楼。一些人在那里进进出出。楼已经不是老样子了，墙面上贴上了马赛克，但是屋顶、窗户和过廊一如过去，这一来又似乎还是老样子。筱燕秋立在那里，发现生活并不像常人所说的那样，在伸向未来，而是直指过去。至少，在框架结构上是这样的。

筱燕秋比平时到家晚了近一个小时，女儿已经趴在餐桌上做作业了。筱燕秋打开门，丈夫正歪在沙发里头看电视，电视只有画面，没有声音。筱燕秋提着人民医院的药袋，懒懒地倚在了门框上，疲惫地看着自己的丈夫。丈夫从筱燕秋的神情里头感到了某些异样，连忙走上来。筱燕秋把药袋递到丈夫的手上，一径往卧室去，进了卧室就把卧室的门反关上了。丈夫把目光从筱燕秋的身上移到药袋里面，疑疑惑惑地掏出药盒子，反过来复过去地看。药盒子上全是外文，一副看不到底又望不到边的样子，这一来事态就进一步严峻了。丈夫从药盒子上预感到了大难，匆忙跟进卧室。刚一进门筱燕秋便扑在了他的身上，胳膊箍住他的脖子，用力往里收。她的腹部贴在他的腹部，一吸一吸的。他感到了她的努力。她用力忍着，一种强烈而又迅猛的伤恸。丈夫手里的药袋掉在了地上，大祸真的临头了。丈夫的身体向后退了一步，"咚"的一声，卧室的门重又关死了。丈夫就那么拥着自己的妻子，毁灭性的念头在脑袋里窜来窜去。筱燕秋终于开口了，她哭着说："面瓜，我又上台了。"面瓜似乎没听清，拨过筱燕秋的脑袋，用那种侥幸的和将信将疑的目光再一次打量妻子。筱燕秋说："我又能上台了。"面瓜一把把筱燕秋推开了，惊魂未定，脱口说："至于嘛，你！弄成这样！"筱燕秋有些不好意思，瞥了一眼面瓜，笑了笑，却不停地掉泪，自语说："我就是难过。"面瓜拉开门，准备给妻子热晚饭，女儿却怯生生地堵在房门口。面瓜逃出了假想中的劫难，骨头都轻了，故意拉下脸来，粗声恶气地说："做作业去！"

筱燕秋把面瓜拉住了，对女儿招了招手，示意女儿过来。她让女儿坐到自己的身边，端详起自己的女儿。女儿一点都不像自己，骨骼大得要命，方方正正的，全像她老子。但是筱燕秋今天晚上觉得自己的女儿特别地耐看，细细地推敲起来还是像自己，只是放大了一号。面瓜又要上厨房，筱燕秋说："你不要做，我要减肥。"面瓜站在卧室的门口，不解地说："你肥什么？我什么时候说你肥了。"筱燕秋把巴掌放到女儿的头顶上去，说："你不嫌我肥，观众可不承认嫦娥是个胖婆娘。”

幸运的夫妻最急着要做的事情就是命令孩子上床。等孩子入睡了，他们好回到自己的床上，开始他们的庆典。幸福的夜晚都是宁静似水的，但又是轰轰烈烈的。这个夜晚实在让面瓜喜出望外，他上上下下地忙，里里外外地忙，进进出出地忙，都不知道怎么好了。

面瓜是一个交通警察，从部队上下来的，五大三粗，就是不活络。说起婚姻，面瓜最大的愿望也就是娶上一位国营企业的正式女工。面瓜做梦也没有想到著名的美人嫦娥会成为自己的老婆。真的像一个梦。

面瓜的婚姻算得上一桩老式婚姻，没有一丝一毫的新鲜花样。先是由介绍人在公园的一棵柳树下面介绍他们认识了。接下来便是“谈”。“谈”了一些日子，便匆匆步入了洞房。

那时的筱燕秋绝对是一个冰美人。她在公园鹅卵石的路面上不像一个行人，而更像一个梦游者，一个失魂的走尸。不过女人的落魄不仅没有妨碍女人的美丽，反而让她们炫目起来了。对于年轻而又漂亮的女人来说，落魄会赋予她们额外的魅力，在体貌的姣好之外，附带上一种气息的美，——那种让人怦然心动的、招人怜爱的异质。面瓜一见到筱燕秋两只手就凉了，心口也凉了。筱燕秋一身寒气，凛凛的，像一块冰，要不像一块玻璃。面瓜顿时就自惭形秽了。面瓜甚至在暗中抱怨起介绍人来了，再怎么说他面瓜也配不上这样亮晶晶的美人的。面瓜小心翼翼地陪着筱燕秋沿着鹅卵石的路面往前走，筱燕秋不说话，面瓜就更不敢说了。最初的那些日子面瓜不是“谈”恋爱，简直是受罪。然而，这份罪受起来又有一分说不出来头的甜蜜。筱燕秋还是那么凛凛的，魂不守舍的，瞳孔里虚散着目光的。面瓜起初以为筱燕秋看不上他，可是又不像。只要面瓜约她，筱燕秋总是会病歪歪地准时到达的。面瓜一点都不知道筱燕秋的心思，筱燕秋中了邪了，她铁定了心思一心要把自己嫁出去，越快越好。但是筱燕秋却又不好好“谈”。她不说话，就知道和面瓜一起走。面瓜在筱燕秋的面前自卑得要了命，一点想象力都没有了。他反反复复地把筱燕秋约到公园的那条鹅卵石路上去，——既然他们是在那儿认识的，他们的“恋爱”就只能和必须在那儿“谈”了。筱燕秋从来不问心思以外的事，她只是面瓜的影子。面瓜怎么走她怎么走，面瓜往哪儿去她往哪儿去。其实面瓜也不知道往哪儿走，但是第一次既然那么走了，第二次当然也那样走。依此类推。他们每一次都走相同的路，以同样的方向向同样的地方走去，在同一个地方拐弯，在同一个地方休息，走完了，在同一个地方分手。然后，面瓜说同样的话，约好下一次见面的时间。局面的改变起源于一次意外。那一天筱燕秋的鞋后跟意外地在鹅卵石的路面上崴了一下，呼噜一下倒在了地上。在此以前筱燕秋一直斜着头，看着天上的月亮。她的鞋跟一定踩到了鹅卵石路上的罅隙，脚踝迅速地朝外一撇，说倒就倒下去了。面瓜的脸色吓得比月光还要白。面瓜天生的慢性子，是那种火上了头顶也能够不紧不慢地迈动四方步的男人。面瓜乱了。面瓜在手忙脚乱的时候愈发不知所措。他慌慌张张地把筱燕秋送进医院，慌慌张张地把筱燕秋送到了家中。筱燕秋的脚踝肿起来了，青紫了一大块，肘部也蹭掉了一块皮。

筱燕秋对自己的受伤一点都没有在意。受伤的似乎是别人，她只不过是一个旁观者,偶然看见的罢了。她那种事不关己的样子使你相信,即使有人把她的脑袋砍下来,放在了桌面上,她也能镇定自若的,不慌不忙地眨巴她的眼睛。

疼的是面瓜。面瓜在疼。面瓜望着筱燕秋的脚脖子,不敢看筱燕秋的眼睛。后来他到底偷看了一眼筱燕秋,目光立即又避开了。面瓜说:"还疼么?"面瓜的声音很小,但是筱燕秋听见了。筱燕秋不是一块玻璃,而是一块冰。只是一块冰。此时此刻,她可以在冰天雪地之中纹丝不动,然而,最承受不得的恰恰是温暖。即使是巴掌里的那么一丁点余温也足以使她全线崩溃、彻底消融。面瓜木头木脑的,痛心地说:"我们还是别谈了吧,我把你摔成这种样子。"筱燕秋冷冷地望着面瓜,面瓜木头木脑的,扯不上边地胡乱自责。可胡乱的自责不是怜香惜玉又是什么?筱燕秋的心潮突然就是一阵起伏,汹涌起来了,所有的伤心一起汪了开来。坚硬的冰块一点一点地、却又是迅猛无比地崩溃了、融化了。收都来不及收。不能自已。不可挽回。她一把拉住面瓜的手,她想叫面瓜的名字,但是没有能够,筱燕秋已经失声痛哭了。她拼了命地哭,声音那么大,那么响,全然不顾了脸面。面瓜吓得想逃,没能逃掉。筱燕秋死死地拽住了面瓜,面瓜没有能够逃掉。

筱燕秋和面瓜都没有意识到这一次大哭对他们来说意味着什么。在某种时候,女人为谁而哭,她就为谁而生。

戏校的筱燕秋老师匆匆忙忙把自己嫁了出去。筱燕秋置身于大海,面瓜是她唯一的独木舟。在筱燕秋看来,这桩婚姻过了此村就再无此店了。面瓜是令人满意的,是那种典型的过日子的男人,顾家、安稳、体贴、耐苦，还有那么一点自私。筱燕秋还图什么？不就是一个过日子的男人么？面瓜唯一的缺点就是床上贪了些，有点像贪食的孩子，不吃到弯不下腰是不肯离开餐桌的。不过这又算什么缺点呢？筱燕秋只是有点弄不明白，床上就那么一点事，每次也就是那么几个动作，又有什么意思？面瓜哪里来的那么大兴致，每一次都像吃苦，把自己累成那样。但是面瓜是疼老婆的，他在一次房事过后这样肉麻地对老婆说："要是没有女儿，你就是我的女儿。"面瓜的这句呆话让筱燕秋足足想了一个多星期。床上的事筱燕秋不太喜欢做，想起来有时候反而倒是蛮好的。

这个晚上是筱燕秋命令女儿上床的。面瓜从妻子垂挂着的睫毛上猜到了这个晚上精彩的压轴戏。结婚这么多年了，每一次做爱都是面瓜巴结着筱燕秋，都是面瓜死皮赖脸的，今天的光景还是头一次。筱燕秋在女儿的床边轻声喊了一声女儿，女儿那边没有了动静。面瓜站在客厅里头就高兴，又是转圈，又是搓手。后来筱燕秋回到了自己的卧室，默默地脱光了，钻进了被窝。再后来筱燕秋从被窝里伸出了一只胳膊，五根手指挂在那儿。筱燕秋对面瓜说："面瓜，来。"

这个晚上的筱燕秋近乎浪荡。她积极而又努力，甚至还有点奉承。她像盛夏狂风中的芭蕉，舒张开来了，铺展开来了，恣意地翻卷、颠簸。筱燕秋不停地说话，好些话说得都过分了，又不敢大声，一字一句都通了电。她急促地换气，紧贴着面瓜的耳边，痛苦地请求："要喊，面瓜。我想喊，面瓜。"筱燕秋像换了一个人，陌生了。这是好日子真正开始的征候。面瓜心花怒放，心旌摇荡，忘乎所以。面瓜疯了，而筱燕秋更疯。

三

炳璋算过一笔账，决定从启动资金里拿出一部分来请烟厂老板一次客。要想把这顿饭吃得像个样，费用虽说不会低，这笔费用也许还能从烟厂那边补回来的。现在，关键中的关键是必须让老板开心。他开心了，剧团才能开心。过去的工作重点是把领导哄高兴了，如今呢，光有这一条就不够了。作为一个剧团的当家人，一手挠领导的痒，一手挠老板的痒，这才称得上两手都要抓。把老板请来，再把头头脑脑的请来，顺便叫几个记者，事情就有个开头的样子了。人多了也好，热闹。只要有一盆好底料，七荤八素全可以往火锅里倒。革命不是请客吃饭，对的。炳璋不想革命，就想办事。办事还真的是请客吃饭。

烟厂的老板成了这次宴请的中心。这样的人天生就是中心。炳璋整个晚上都赔着笑，有几次实在是笑累了，炳璋特意到卫生间里头歇了一会儿。他用巴掌把自己的颧骨那儿揉了又揉，免得太僵硬，弄得跟假笑似的。卖东西要打假，笑容和表情同样要打假。这可不是闹着玩的。

炳璋原以为启动资金到账之后他能够轻松一点的，相反，炳璋更紧张、更焦虑了。这么多年了，剧团没法上戏，一直干耗着，说过来居然也过来了。剧团不是美术家协会，不是作家协会，那些协会里的人老了，一个人待在家里，写几块招牌，画几根腊梅、几串葡萄，再不就到晚报上骂骂人，翘胳膊抬腿都有银子跟着来。一句话，那些人都是越老越值钱的。剧团不一样,再好的演员一个人待在家里也唱不来一台戏。当然了,为住房和职称找领导除外,在住房和职称面前,出色的演员一个人就能将生旦净末丑全部反串一遍。演戏这个行当说到底又与别的不同,不论是说唱念打还是吹拉弹奏,扛的是“艺术家”这块招牌,做的终究是体力活儿,吃的还是身体这碗饭,一到岁数身子骨就破了。他们的破身子骨全是沙漠,一盆水浇下去,不要说看不见水漂,就连“嗞”的一声都没有。他们挣不来一分钱,耗起银子来却是老将出马,一个顶俩。炳璋就愁钱。炳璋感到自己不只是一个剧团的团长,都快成商人了,就等着资本全部到位。炳璋想起了当年在学习班上听来的一句话,是一位领袖的著名格言:资本来到世上,从头到脚都滴着血和肮脏的东西。这话对。资本就是流淌的血,肮脏不肮脏事后再说。剧团等着这滴血,靠着这滴血,生产、生产、再生产、扩大再生产。急命呢。炳璋就等着《奔月》上马,越快越好。夜长了难免梦多。钱哪,钱哪。

宴会在老板和筱燕秋认识的那一刻达到高潮,这就是说,晚宴从头到尾都是高潮。宴会尚未开始,炳璋便把筱燕秋十分隆重地领了出来,十分隆重地叫到了老板的面前。这次见面对老板来说只是一次交际,也可以说,是一次娱乐活动,然而,它是筱燕秋一生中的一件大事。筱燕秋的后半生如何,完全取决于这次见面。筱燕秋得到宴会通知的时候不仅没有开心,相反,她的心中涌上了无边的惶恐,立即想起了前辈青衣、李雪芬的老师柳若冰。柳若冰是五十年代戏剧舞台上最著名的美人,“文革”开始之后第一个倒霉的名角。她去世之前的一段往事曾经在剧团里头广为流传,那是1971年的事了,一位已经做到副军长的戏迷终于打听到当年偶像的下落了，副军长的警卫战士钻到了戏台的木地板下面，拖出了柳若冰。柳若冰丑得像一个妖怪，裤管上沾满了干结的大便和月经的紫斑。副军长远远地看着柳若冰，只看了一眼，副军长就爬上他的军用吉普车了。副军长上车之前留下了一句千古名言："不能为了睡名气而弄脏了自己。"筱燕秋捏着炳璋的请柬，毫无道理地想起了柳若冰。她坐在美容院的大镜子面前，用她半个月的工资精心地装潢她自己。美容师的手指非常柔和，但她感到了疼。筱燕秋觉得自己不是在美容，而是在对着自己用刑。男人喜欢和男人斗，女人呢，一生要做的事情就是和自己做斗争。

老板在筱燕秋的面前没有傲慢，相反，还有些谦恭。他喊筱燕秋"老师"，用巴掌再三再四地请筱燕秋老师坐上座。老板并不把文化局的头头们放在眼里，但是，他尊重艺术，尊重艺术家。筱燕秋几乎是被劫持到上座上来的。她的左首是局长，右首是老板，对面又坐着自己的团长，都是决定自己命运的大人物，不可避免地有点局促。筱燕秋正减着肥，吃得少，看上去就有点像怯场了，一点都没有二十年前头牌青衣的举止与做派。好在老板并没有要她说什么。老板一个人说。他打着手势，沉着而又热烈地回顾过去。他说自己一直是筱燕秋老师的崇拜者，二十年前就是筱燕秋老师的追星族了。筱燕秋很礼貌地微笑着，不停地用小拇指捋耳后的头发，以示谦虚和不敢当。但是老板回忆起《奔月》巡回演出的许多场次来了。老板说，那时候他还在乡下，年轻，无聊，没事干，一天到晚跟在《奔月》的剧组后面，在全省各地四处转悠。他还回忆起了一则花絮，筱燕秋那一回感冒了，演到第三场的时候居然在舞台上连着咳嗽了两声，——台下没有喝倒彩，而是响起了雷鸣般的掌声。老板说到这儿的时候酒席上安静了。老板侧过头，看着筱燕秋，总结说："那里头就有我的掌声。"酒席上笑了，同时响起了掌声。老板拍了几下巴掌。这掌声是愉快的，鼓舞人心的，还是继往开来，相见恨晚和同喜同乐的。大伙儿一起干了杯。

老板还在聊。语气是推心置腹的，谈家常的。他聊起了国际态势，WTO，科索沃，车臣，香港，澳门，改革与开放，前途还有坎坷；聊起了戏曲的市场化与产业化；聊起了戏曲与老百姓的喜闻乐见。他聊得很好。在座的人都在严肃地咀嚼，点头。就好像这些问题一直缠绕在他们的心坎上，是他们的衣食住行，油盐酱醋；就好像他们为这些问题曾经伤神再三，就是百思不得其解。现在好了，水落石出、大路通天了。答案终于有了，豁然开朗了，找到出路了。大伙儿又干了杯，为人类、国家以及戏剧的未来一起松了一口气。

炳璋一直望着老板。自从认识老板以来，他对老板一直都心存感激，但在骨子里头，炳璋瞧不起这个人。现在不同，炳璋对老板刮目相看了。老板不仅仅是一个成功的企业家，他还是一个成熟的思想家兼政治家。如果爆发战争，他也许就是一个出色的战略家和军事指挥家。一句话，他是伟人。炳璋有些激动，没头没脑地说："下次人代会改选市长，我投厂长一票！"老板没有接他的话茬，点烟，做了一个意义不明的手势，把话题重新转移到筱燕秋的身上来了。

话题到了筱燕秋的身上老板更机敏了，更睿智也更有趣了。老板的年纪其实和筱燕秋差不多，然而，他更像一个长者。他的关心、崇敬、亲切都充满了长者的意味，然而又是充满活力的、男人式的、世俗化的、把自己放在民间与平民立场上的，因而也就更亲切、更平等了。这种平等使筱燕秋如沐春风，人也自信、舒展了。筱燕秋对自己开始有了几分把握，开始和老板说一些闲话。几句话下来老板的额头都亮了，眼睛也有了光芒。他看着筱燕秋，说话的语速明显有些快，一边说话一边接受别人的敬酒。从酒席开始到现在，他一杯又一杯的，来者不拒，酒到杯干，差不多已经是一斤五粮液下了肚了。老板现在只和筱燕秋一个人说，旁若无人。酒到了这个份儿上炳璋不可能没有一点担忧，许多成功的宴席就是坏在最后的两三杯上，就是坏在漂亮女人的一两句话上。炳璋开始担心，害怕老板过了量。成功体面的男人在女演员的面前被酒弄得不可收拾，这样的场面炳璋见得实在是太多了。炳璋就害怕老板冒出什么唐突的话来，更害怕老板做出什么唐突的举动。他非常担心，许多伟人都是在事态的后期犯了错误，而这样的错误损害的恰恰正是伟人自己。炳璋害怕老板不能善终，开始看表。老板视而不见，却掏出香烟，递到了筱燕秋的面前。这个举动轻薄了。炳璋看在眼里，咽了一口，知道老板喝多了，有些把持不住。炳璋看着面前的酒杯，紧张地思忖着如何收好今晚这个场，如何让老板尽兴而归，同时又能让筱燕秋脱开这个身。许多人都看出了炳璋的心思，连筱燕秋都看出来了。筱燕秋对老板笑笑，说："我不能吸烟的。"老板点点头，自己燃上了，说："可惜了。你不肯给我到月亮上做广告。"大伙儿愣了一下，接下来就是一阵哄笑。这话其实并不好笑，但是，伟人的废话有时候就等于幽默。

哄笑之中老板却起身了，说："今天我很高兴。"这句话是带有总结性的。老板朝远处招招手,叫过司机,说:"不早了,你送筱燕秋老师回家。"炳璋吃惊地看了一眼老板,炳璋担心他会在筱燕秋面前纠缠的,但是没有。老板举止恰当,言谈自如,一副与酒无关的样子,就好像一斤五粮液不是被他喝到肚子里去了,而是放在裤子的口袋里面。老板实在是酒席上的大师,酒量过人,见好就收。整个晚宴凤头、猪肚、豹尾,称得上一台好戏。倒是筱燕秋有些始料不及,没想到这么快就结束了。筱燕秋一时不知道说什么,慌忙说:"我有自行车。"老板说:"哪有大艺术家骑自行车的。"老板一边坚持着"请"的手势,一边关照司机回头来接他。筱燕秋瞥了老板一眼,只好跟着司机往门口去。她在走向门口的时候知道许多眼睛都在看她,便把所有的注意力全部集中到走路的姿势上,感觉有些别扭,甚至都不会走路了。好在没有人看出这一点。人们望着筱燕秋的背影,她的背影给人以身价百倍的印象。这个女人的人气说旺就旺了。

老板转过身来,和局长闲聊,请局长得空的时候到他们厂去转转。炳璋插进来,抢过话茬,说:"老板好酒量,好酒量!"他一口气把这句话重复了四五遍。炳璋自己也弄不懂为什么逮着老板的酒量不要命地死奉承,听上去好像心里有什么疙瘩,受了什么惊吓似的。老板莞尔一笑,笑而不答,掐烟的工夫又一次把话题岔开了。

四

老话是对的,好运气想找你,就算你关上大门它也会侧着身子从门缝里钻进来。这年头好运气并不玄乎,说白了,就是钱。只有钱才能够侧着身子从门缝里钻来钻去的。烟厂的老板算什么？这年头大街上的老板比春天的燕子多，比秋天的蚂蚱多，比夏天的蚊子多，比冬天的雪花多。然而，烟厂的老板有钱，又不是他自己的，这就齐了。可是，剧团和戏校里的人们真正羡慕的倒不是筱燕秋，而是春来。春来这个小丫头这一回真的是撞上大运了。

春来十一岁走进戏校，从二年级到七年级一直跟在筱燕秋的身后，知道筱燕秋的人都知道，春来不仅仅只是筱燕秋的学生，简直就是筱燕秋的宝贝女儿。春来最初学的并不是青衣，而是花旦，是筱燕秋厚着脸皮硬把她拽到自己的身边的。青衣与花旦其实是两个完全不同的行当，只不过现在喜欢看戏的人少了，许多人都习惯于把戏台上的年轻女性统统称之为“花旦”。这种混淆局面的形成固然是后来的戏迷们功夫不到，但是，要是真的细究起来，这笔账还要记到著名大师梅兰芳的头上。梅老板博大精深，他在长期的舞台实践中把青衣与花旦的唱腔与表演程式杂糅在了一起，创建了一种有别于青衣同时又有别于花旦的新行当，也就是“花衫”。“花衫”行当的出现体现了梅老板的求新与创造的精神，也给后来的人们带来了不必要的麻烦，人们对青衣与花旦的区分也就再也不那么顶真，不那么严格了。比如说，当初所谓的“四大名旦”，这个统称其实就十分马虎，贴切的说法应当是“两大名旦，两大青衣”。好在所有的剧种都一起没落了，分不清青衣花旦也不算什么芝麻大的事。可是，话还得反过来说，对于学戏和演戏的人来说，这可是一点含混不得的，青衣就是青衣，花旦就是花旦。它们的唱腔、道白、行头、台步、表演程式隔着九九艳阳天，真的是花开两朵，各表一枝的，永远弄不到一起去。

春来想学花旦有她的理由。就说道白，花旦的道白用的是脆亮的京腔，而青衣的韵白则拖声拖气的，在没有翻译、不打字幕的情况下，比看盗版碟片还要吃力，一句话，青衣的韵腔道白说的整个就不是人话。唱腔就更不一样了，花旦唱起来利索、爽朗，接近于捏着嗓子的流行歌曲，还歪着脑袋一蹦三跳，又活泼，又可爱，像一只叽叽喳喳的小麻雀。青衣则不同，就那么一个字，她也要咿咿呀呀的，一步三晃的，一手捂着小肚子，一手比画着，在那儿晃悠着，翘着个小指头，慢慢地哼，等你上完了厕所，把该尿的尿了，该拉的拉了，前前后后擦完了，一回头，那个字还没唱完呢。戏剧如此不景气，喜欢青衣的也就剩下那么几个离休老干部了。许多当红青衣都走下舞台了，不是穿上漆黑的皮夹克站在麦克风前面乱了头发狮吼，就是到电视连续剧里头演一回二奶，演一回小蜜。好歹也能到晚报的文化版上"文化"那么一下子。青衣说到底不能和花旦比，现在的晚会那么多，笑星歌星们再闹腾，民族文化总是要弘扬的，国粹总是要保留的，"爱江山更爱美人"之后，最次也得来个"打不尽豺狼决不下战场"。花旦的出路比青衣多少要好一些，要不然，人们也不会把剧团戏称为"蛋窝"的。

春来是在三年级的下学期改学的青衣。春来这孩子说话的嗓音和筱燕秋并不像，可是，一开腔，春来的唱腔简直就是另一个筱燕秋。戏校的老师们开玩笑说，春来的嗓子天生就是和筱燕秋唱对台戏的料。筱燕秋和春来商量，让她放弃花旦，改学青衣。春来不肯。商量来商量去，春来就是不肯。筱燕秋急了，筱燕秋的那句名言至今还是戏校里的一个笑话，一个笑柄。筱燕秋一急，拉下了脸来，对春来说:“你要是不肯拜我为师,我就拜你,我拜你做我的学生,你答应不答应?”做老师的把话说到了这个份儿上,春来还敢说什么?

戏校的人们还记得春来刚到戏校时的模样,一口浓重的乡下口音,衣袖和裤腿都短得要命,袜子的上方还留了一截小腿肚。那时的春来一到冬天两只腮帮总是皴着的,裂了好几道红颜色的口子。没有人会相信春来能脱落成今天的这副模样,什么叫女大十八变?春来就是一个最生动的例子,一个最具感召力的例子。谁能想到筱燕秋能有今天?谁能想到春来能赶上这趟车?

筱燕秋在戏校待了二十年了,教了那么多学生,细细排下来,却没有一个能唱出来的。大红大紫就不说了,显一下山露一下水的都没有过。这样的局面给筱燕秋带来了十分强烈的失败感。筱燕秋对自己是彻底死了心了,然而,毕竟又没有死透。一个人可以有多种痛,最大的痛叫作不甘。筱燕秋不甘。三十岁生日那一天筱燕秋就知道自己死了,十年里头筱燕秋每天都站在镜子面前,目睹着自己一天一天老下去,目睹着著名的“嫦娥”一天一天地死去。她无能为力。焦虑的过程加速了这种死亡。用手拽都拽不住,用指甲抠都抠不住。说到底时光对女人太残酷,对女人心太硬,手太狠。三十岁,我的亲爹,我的亲娘。三十岁生日那一天筱燕秋头一回喝了酒,不到二两。筱燕秋醉得不成样子。酒后的筱燕秋握着剪刀把厨房里的围裙剪成了两块。她把两块白布捏在手上,权当了水袖。筱燕秋挥舞着油迹斑斑的围裙,跌跌撞撞,油盐酱醋的罐子倒了一厨房,咣叮咣当的,碎了一厨房。她的手不知道被什么碎片刮破了,鲜红的血液流淌在水袖上,红白相间的围裙在半空中抛上去,又落下来,再抛上去,再落下来。面瓜冲进了厨房，抱住了筱燕秋，筱燕秋愣愣地盯着面瓜，喊面瓜“亲娘”。筱燕秋用纯正的韵腔对着面瓜念起了道白“亲——娘——啊——啊”。面瓜知道筱燕秋醉了。面瓜担心妻子的叫喊传播出去，他把带血的围裙堵在了筱燕秋的嘴边。筱燕秋的嘴巴给堵紧了，腹部却激荡了起来，一挺一挺的，嗓子里发出母兽的呼噜声。面瓜心疼万分，不住地喊燕秋的名字。筱燕秋侧过头，回望着面瓜，叫不出声。然而，她的腹部还在叫，面瓜看得见。她用她的腹部一遍又一遍地呼喊：“亲、娘、啊、啊、啊、啊！”

“千生万旦，难求一净”，这是旧时的艺人留下来的古话了。其实这话不对。筱燕秋从一开始就不能同意这句话。生、旦、净、末、丑，唱花脸的固然难求一个，然而，没有一个行当的演员可以成千上万地一把一抓。自古到今，唱青衣的成百上千，真正把青衣唱出意思来的，真正领悟了青衣的意蕴的，也就那么几个。唱青衣固然要有上好的嗓音，上好的身段，——可是好嗓音算得了什么？好身段又算得了什么？出色的青衣最大的本钱是你是一个什么样的女人。哪怕你是一个七尺须眉，只要你投了青衣的胎，你的骨头就再也不能是泥捏的，只能是水做的，飘到任何一个码头你都是一朵雨做的云。戏台上的青衣不是一个又一个女性角色，甚至不是性别，而是一种抽象的意味，一种有意味的形式，一种立意，一种方法，一种生命里的上上根器。女人说到底不是长成的，不是岁月的结果，不是婚姻、生育、哺乳的生理阶段。女人就是女人。她学不来也赶不走。青衣是接近于虚无的女人，或者说，青衣是女人中的女人，是女人的极致境界。青衣还是女人的试金石，是女人，即使你站在戏台上，在唱，在运眼，在云手，所谓的“表演”“做戏”也不过是日常生活里的基本动态，让你觉得生活就是如此这般的——话就是那样说的，路就是那样走的；不是女人，哪怕你坐在自家的沙发上，床头上，你都是一个拙巴的戏子，你都在“演”，演也演不像，越演越不像人。与此相应的是，花脸则是一个绝对的男人，或者说，是绝对男人的绝对侧面。男人就应当是简单的，所有的身心只是一张脸谱，简单到夸张的程度，简单到恒久与一成不变的程度。所以，戏的衰退首先是男人与女人的携手衰退。是种性的一天不如一天。

老天爷创造出一个花脸不容易，老天爷创造出一个青衣同样不容易。筱燕秋是其中的一个，其中的另一个则是春来。

春来的出现让筱燕秋看到了希望。春来是“嫦娥”能够活在这个世上最充分的理由。筱燕秋宛如一个绝望的寡妇，拉扯着唯一的孩子。只要有春来，筱燕秋的香火终究可以续上了，这是老天爷对筱燕秋的最后一点补贴，最后一点安慰。春来刚过了十七岁，严格地说，还是一个女孩子。但是春来从来就不是女孩子，她天生就是一个女人，一个风姿绰约的女人，一个风情万种的女人，一个风月无边的女人，一个她看你一眼就让你百结愁肠的女人。这不是早熟，只能说，它与生俱来。春来在十七岁的这个夏天就此步入了青衣的黄金年段，身段该有的都有，该没的都没。腰肢里头流宕着一股天成的婀娜态，风流态。春来的一双眼睛里头有一种独特而美妙的神采，她看所有的东西都不是看，而是盼顾，左盼盼，右顾顾，有股美目盼兮的意思，有股依依不舍的意思，还有股此怨不知所从何来的意思。春来运动的眼珠就像戏台上的运眼，她有一种将最戏剧化的程式还原到生活中来的禀赋，她同时还有一种将最日常化的动态提升到戏台上的异质。而春来的变声期也是格外地顺利，居然没怎么在意说过去就过去了，许多演员过不了变声期这么一个鬼门关，昨晚上洗澡的时候还好好的，一觉醒来，好嗓子已经被鬼偷走了。

春来这孩了命好。所有的一切好像都是给她预备好了的。虽说只是嫦娥的 B 档，但是谁也不能否认，二郎神的灵光已经照亮春来了。

五

一部戏总是从唱腔戏开始。说唱腔俗称说戏，你先得把预设中一部戏打烂了，变成无数的局部、细节，把一部戏中戏剧人物的一恨、一怒、一喜、一悲、一伤、一哀、一枯、一荣，变成一字、一音、一腔、一调、一颦、一笑、一个回眸、一个亮相、一个水袖，一句话，变成一个又一个说、唱、念、打，然后，再把它组装起来，磨合起来，还原成一段念白，一段唱腔。说戏过后，排练阶段才算真正开始。首先是连排。一个人成不了一台戏，"戏"首先是人与人的关系。那么多的演员挤在一个戏台上，演员与演员之间就必须沟通、配合、交流、照应，这样的完善过程也就是连排。连排完了还不行。演员的唱腔、造型还得与乐队、锣鼓家伙形成默契，没有吹、拉、弹、奏、打，那还叫什么戏？把吹、拉、弹、奏、打一同糅合进去，这就是所谓的响排了。响排过了还得排，也就是彩排。彩排接近于实弹演习，是面对着虚拟中的观众进行的一次公演，该包头的得包头，该勾脸的得勾脸，一切都得按实地演出的模样细细地走场。彩排过去了，一出大戏的大幕才能拉得开。

几乎所有的人都注意到了，从说唱腔的第一天开始，筱燕秋就流露出了过于刻苦、过于卖命的迹象。筱燕秋的戏虽说没有丢，但毕竟是四十岁的人了，毕竟是二十年不登台了，她的那种卖命就和年轻人的莽撞有所不同，仿佛东流的一江春水，在入海口的前沿拼命地迂回、盘旋，巨大的漩涡显示出无力回天的笨拙、凝重。那是一种吃力的挣扎，虚假的反溯，说到底那只是一种身不由己的下滑、流淌。时光的流逝真的像水往低处流，无论你怎样努力，它都会把覆水难收的残败局面呈现给你。让你竭尽全力地拽住牛的尾巴，再缓缓地被牛拖下水去。

截止到说戏阶段，筱燕秋已经从自己的身上成功地减去了四点五公斤的体重。筱燕秋不是在“减”肥，说得准确一些，是抠。筱燕秋热切而又痛楚地用自己的指甲一点一点地把体重往外抠，往外挖。这是一场战争，一场隐蔽的、没有硝烟的、只有杀伤的战争。筱燕秋的身体现在就是筱燕秋的敌人，她以一种复仇的疯狂针对着自己的身体进行地毯式轰炸，一边轰炸一边监控。减肥的日子里头筱燕秋不仅仅是一架轰炸机，还是一个出色的狙击手。筱燕秋端着她的狙击步枪，全神贯注，密切注视着自己的身体。身体现在成了她的终极标靶，一有风吹草动筱燕秋就会毫不犹豫地扣动她的扳机。筱燕秋每天晚上都要站到磅秤上去，她对每一天的要求都是具体而又严格的：好好减肥，天天向下。筱燕秋一定要从自己的身上抠去十公斤——那是她二十年前的体重。筱燕秋坚信，只要减去十公斤，生活就会回到二十年前，她就会站在二十年前，二十年前的曙光一定会把她的身影重新投射在大地上，颀长、婀娜、娉婷，举世无双。

这是一场残酷的持久战。汤、糖、躺、烫是体重的四大忌，也就是说，吃和睡是减肥的两大法门。筱燕秋首先控制的就是自己的睡。她把自己的睡眠时间固定在五个小时，五个小时之外，她不仅不允许自己躺，甚至不允许自己坐。接下来控制的就是自己的嘴了。筱燕秋不允许自己吃饭，不允许自己喝水，更不用说热水了。她每天只进一些瓜果、蔬菜。在瓜果与蔬菜之外，筱燕秋像贪婪的嫦娥那样，就知道大口大口地吞药。

减肥的前期是立竿见影的，她的体重如同股票的熊市一样，一路狂跌。身上的肉少了，然而，皮肤却意外地多了出来。多余的皮肤挂在筱燕秋的身上，宛如拣来的钱包，浑身上下找不到一个存放的地方。多出来的皮肤使筱燕秋对自己产生了这样一种错觉：整个人都是形式大于内容的。这是一个古怪的印象，一个恶劣的印象，这还是一个滑稽的和歹毒的印象。最要命的还在脸上，多出来的皮肤使筱燕秋的脸庞活脱脱地变成了一张寡妇脸。筱燕秋望着镜子里的自己，寡妇一样沮丧，寡妇一样绝望。

真正的绝望还在后头。减肥见了成效之后筱燕秋整日便有些恍惚，这是营养不良的具体反映。精力越来越不济了。头晕、乏力、心慌、恶心，总是犯困，贪睡，而说话的气息也越来越细。说戏阶段过去了，《奔月》就此进入了艰苦的排练阶段，体力消耗逐渐加大，筱燕秋的声音就不那么有根，不那么稳，有点飘。气息跟不上，筱燕秋只好在嗓子里头发力，声带收紧了，唱腔就越来越不像筱燕秋的了。

筱燕秋再也没有料到自己会出那么大的丑，当着那么多的人的面。她在给春来示范一段唱腔的时候居然“刺花儿”了，“刺花儿”俗称“唱破”了，是任何一个靠嗓子吃饭的人最丢脸的事。那声音不像是人的嗓子发出来的，像玻璃刮在了玻璃上，像发情期的公猪趴在了母猪的背脊上。其实“刺花儿”也不是什么大不了的事，每一个演员都会碰上的，然而，筱燕秋到底又不是别人，她不能忍受一起集中过来的目光。那些目光不是刀子，而是毒药，它不需要你流一滴血，不让你有半点疼痛，活生生地就要了你的命。筱燕秋决定挽回她的体面。她必须在众人的面前捞回这个脸面。筱燕秋强作镇定，示意再来。连续两次，嗓子就是不肯给筱燕秋下这个台。筱燕秋的嗓子痒得要了命，宛如爬上了一万只小虫子。想咳。筱燕秋用力忍住，咬着牙，把满嘴的咳嗽堵在嗓眼里头。坐在一边的炳璋端来了一杯水，递到筱燕秋的面前，故意轻松地对大伙儿说：“歇会儿，歇会儿了哈。”筱燕秋没有接炳璋的杯子，接杯子这个动作筱燕秋无论如何是不肯做的。筱燕秋看着演后羿的男演员，说：“我们再来一遍。”筱燕秋这一回没有“刺花儿”，她的高音部只爬到了一半，筱燕秋自己就停下来了。筱燕秋重重地吁出一口气，僵在那儿。没有一个人敢上来和筱燕秋搭腔，没有一个人敢看筱燕秋。筱燕秋强忍着，越忍越难忍。人在丢脸的时候不能急着挽回，有时候，你想挽回多少，反过来会再丢出去多少。她开始用目光去扫别人，他们像是约好了的，都是一副过路人的样子，似乎什么都没发生过。众人的心照不宣有时候更像一次密谋，其残忍的程度不亚于千夫所指。筱燕秋想再来一遍，到底没有勇气了。炳璋端着茶杯，大声对众人宣布：“筱燕秋老师感冒了，就到这儿，今天就到这儿了，哈。”筱燕秋泪汪汪地盯着炳璋，知道他的好意。可是筱燕秋就想扑上去,揪着炳璋的领口给他两大耳光。

排练厅立即走空了,只留下了筱燕秋与春来。春来同样不敢看她的老师,弓着腰,假装收拾东西。筱燕秋长久地望着春来,她年轻的侧影是多么地美,颧骨和下巴那儿发出瓷器才有的光。筱燕秋失神了,反反复复在心里问:自己怎么就没她那个命?春来直起身来,发现老师的目光一直罩在自己的身上,唬了一大跳。筱燕秋突然说:“春来,你过来。”春来停住了,愣在那儿没有动。筱燕秋说:“春来,你把刚才我唱的那一段重来一遍。”春来咽了一口,她在这样的时候怎么敢做那样的事。春来说:“老师。”筱燕秋没开口,却挪了一张椅子,坐了下来。春来的心里头慌乱了一回,不过看老师的架势,躲是躲不过去了,反倒镇定下来了,站好了,进了戏。筱燕秋坐在椅子上,用心地看着春来,听着春来。几分钟过后筱燕秋却走神了。她瞥了一眼墙上的大镜子,大镜子像戏台,十分残酷地把春来和自己一同端出来了。筱燕秋有意无意地拿自己和春来做起了比较。镜子里的筱燕秋在春来的映照之下显得那样地老,几乎有些丑了。当初的自己就是春来现在的这副样子,它现在到哪儿去了呢?人不能比人,这话真是残忍。人不能比别人,人同样不能和自己的过去攀比。什么叫青山遮不住,毕竟东流去?镜子会慢慢地告诉你。筱燕秋的自信心在往下滑,像水往低处流,挡都挡不住。她想起了当初复出时的那种喜悦,那样的喜悦说到底也不过是过眼的烟云,刹那之间就荡然无存了。筱燕秋动摇了,甚至产生了打退堂鼓的意思,却又舍弃不下。虽说春来的表演还有许多地方需要打磨,然而,从整体上说,这孩子超过自己也就是眼前的事了。春来如此年轻,未来的岁月实在是不可限量。

筱燕秋突然就是一顿难受，内中一阵一阵地酸，一阵一阵地疼。筱燕秋知道自己嫉妒了。细细说起来，筱燕秋就因为嫉妒吃了二十年的苦头，可是，她实在没有嫉妒过李雪芬，从来没有，一天都没有。但是，面对自己的学生，筱燕秋遏制不住。筱燕秋知道自己在嫉妒，她第一次尝到了嫉妒的厉害。她看到了血在流。筱燕秋痛恨自己，她不能允许自己嫉妒。她决定惩罚。她用指甲拼命地掐自己的大腿。越用力越忍，越忍越用力。大腿上尖锐的疼痛让筱燕秋产生了一种古怪的轻松感。她站起身来，决定利用这个空隙帮春来排练，不允许自己有半点保留。筱燕秋站到春来的面前，面对面，手把手，从腰身到眼神，一点一点地解释，一点一点地纠正，她一定要把春来锻造成自己的二十年前。太阳落下去了，梧桐树的巨大阴影落在窗户的玻璃上，抚摸着玻璃，絮絮叨叨的，苦口婆心的。排练大厅里的光线越来越暗，越来越安静了。她们忘记了开灯，师徒两个在昏暗的光线下面反反复复地比画，一遍又一遍，每一个动作都细微到手指的最后一个关节。筱燕秋的脸离春来只有几寸那么远，春来的眼睛忽闪忽闪的，在昏暗的排练大厅里反而显得异样地亮，那样地迷人，那样地美。筱燕秋突然觉得对面站着的就是二十年前的自己，二十年前的筱燕秋就在自己的面前，亭亭玉立。筱燕秋迷惑了，像做梦，像水中观月。眼前的一切都像梦幻那样飘忽起来了，充满了不确定性。筱燕秋停下来，侧着头，用那种不聚焦的、近乎烟雾的目光笼罩了春来。春来不知道自己的老师怎么了，也侧过了脑袋，端详着自己的老师。筱燕秋绕到了春来的身后，一手托住春来的肘部，另一只手捏住了春来翘着的小拇指的指尖。筱燕秋望着春来的左耳，下巴几乎贴住春来的腮帮。春来感到了老师的温湿的鼻息。筱燕秋松开手，十分突兀地把春来揽进了怀抱。她的胳膊是神经质的，搂得那样地紧，乳房顶着春来的后背，脸贴在了春来的后颈上。春来猛一惊，却不敢动，僵在了那里，连呼吸都止住了。但只是一会儿，春来的呼吸便澎湃了，大口大口地换气，她喘息一次两只乳房就要在筱燕秋的胳膊里软绵绵地撞击一回。筱燕秋的手指在春来的身上缓缓地抚摸，像一杯水泼在了玻璃台板上，开了岔，困厄地流淌。她的手指流淌到春来腰部的时候春来终于醒悟过来了，春来没敢叫喊，春来小声央求说："老师，别这样。"

筱燕秋突然醒来了。那真是一种大梦初醒的感觉。梦醒之后的筱燕秋无限地羞愧与凄惶，她弄不清自己刚才到底做了些什么。春来拣起包，冲出了排练大厅。筱燕秋被丢在排练大厅的正中央，耳朵里头充满了春来下楼的脚步声，急促得要命。筱燕秋想叫住春来，可她实在不知道还能对春来说什么。筱燕秋就觉得羞愧难当。天已经黑了，却又没有黑透，是梦的颜色。筱燕秋垂着手，呆呆地站住，不知身在何处。

下班的路上筱燕秋就觉得这一天太古怪了，大街是古怪的，路灯的颜色是古怪的，行人走路的样子也是古怪的。筱燕秋一直想哭，但是，实在又不知道要哭什么。不知道要哭什么就不那么容易哭得出来。这一来筱燕秋的胸口反而堵住了。胸口堵住了，肚子却出奇地饿，这阵饿是丧心病狂的，仿佛肚子里长了十五只手，七上八下地拽。筱燕秋走到路边的一家小饭店，决定停下脚步。她怀着一股难言的仇恨走进了小饭店，要过菜单，专门挑大油大腻的点。一上来筱燕秋就恶狠狠地吞下了三只大肉丸。筱燕秋又是嚼,又是咽,一直吃到喘息都困难的程度。

六

春来并没有在筱燕秋的面前流露什么，戏还是和过去一样的排。只是春来再也不肯看筱燕秋的眼睛了。筱燕秋说什么,她听什么,筱燕秋叫她怎么做,她就怎么做,就是不肯再看筱燕秋的眼睛。一次都不肯。筱燕秋与春来都是心照不宣的,不过,这不是母亲与女儿之间才有的心照不宣,是女人与女人之间的那种,致命的那种,难于启齿的那种。

筱燕秋再也没有料到会和春来这样别扭。一个大疙瘩就这样横在了她们的面前。这个疙瘩看不见,也就越发无从下手了。筱燕秋恢复了饮食,可还是累。筱燕秋说不出这种累掩藏在身体的哪个部位,它具有散发性,在身体的内部四处延展,都无所不在了。好几次她都想从剧组退出,就是下不了那个死决心。这样的心态二十年以前曾经有过一次的,她想到过死,后来竟一次又一次犹豫了。筱燕秋责怪自己当初的软弱。二十年前她说什么也应当死去的。一个人的黄金岁月被掐断了,其实比杀死了更让你寒心。力不从心地活着,处处欲罢不能,处处又无能为力,真的是欲哭无泪。

春来那里一点动静都没有。她永远都是那样气闲神定的,没有一点风吹,没有一点草动,远远地,和筱燕秋隔着一两丈的距离。筱燕秋现在怕这孩子,只是说不出。如果春来就这么和自己不冷不热地下去，筱燕秋的这辈子就算彻底了结了，一点讨价还价的余地都没有了。“嫦娥”要是不能在春来的身上复生，筱燕秋站二十年的讲台究竟是为了什么？

筱燕秋终于和老板睡过了。这一步跨出去了，筱燕秋的心思好歹也算了了。这是迟早的事，早一天晚一天罢了。筱燕秋并没有什么特别的感觉，这件事说不上好，也说不上不好，从古到今反正都是这样的。老板是谁？人家可是先有了权后有了钱的人，就算老板是一个令人恶心的男人，就算老板强迫了她，筱燕秋也不会怪老板什么的。更何况还不是。筱燕秋在这个问题上没有半点羞答答的，半推半就还不如一上来就爽快。戏要不就别演，演都演了，就应该让看戏的觉得值。

可是筱燕秋难受。这种难受筱燕秋实在是铭心刻骨。从吃晚饭的那一刻起，到筱燕秋重新穿上衣服，老板从头到尾都扮演着一个伟人，一个救世主。筱燕秋一脱衣服就感觉出来了，老板对她的身体没有一点兴趣。老板是什么人？这年头漂亮新鲜的小姑娘就是货架上的日用百货，只要老板喜欢，下巴一指，售货员就会把什么样的现货拿到他们的面前。筱燕秋是自己脱光衣服的，刚一扒光，老板的眼神就不对劲儿了，它让筱燕秋明白了减肥后的身体是多么的不堪入目。老板一点都没有掩饰。在那个刹那里头筱燕秋反而希望老板是一个贪婪的淫棍，一个好色的恶魔，她就是卖给老板一回她也卖了，然而，老板不那样。老板上了床就更是一个伟人了。他十分从容地躺在了席梦思上，用下巴示意筱燕秋骑上去。老板平躺在席梦思上，一动不动。筱燕秋骑上去之后就只剩下筱燕秋一个人忙活了。有一个阶段老板对筱燕秋的工作似乎比较满意，嘴里哼叽了几声，说“哦，叶儿。哦，叶儿”。筱燕秋不知道老板到底在哼叽什么。几天之后，筱燕秋伺候老板之前老板先让她看了几部外国毛片，看完了毛片筱燕秋才算明白过来，大老板在学洋人叫床呢。老板在床上可真是冲出了亚洲走向了世界，一下子就与世界接轨了。这固然不是做爱，可是，这甚至不是性交，筱燕秋只是莫名其妙地巴结着一个男人、伺候着一个男人。筱燕秋就觉着自己贱。她好几次都想停止下来了，然而，性是一个歹毒的东西，不是你想停就停得下来的。这样的感觉筱燕秋在和面瓜做爱的时候反而没有过。筱燕秋一边动作一边骂着自己，她这个女人实在是下贱得到了家了。

筱燕秋从老板那儿回来的时候外面下了一点小雨，马路上水亮水亮的，满眼都是汽车尾灯的倒影与反光，猩红猩红的，热烈得有些过分，有些无中生有，因而也就平添了许多颓伤的意思。筱燕秋望着路面上的斑驳反光，认定了自己今晚是被人嫖了。被嫖的却又不是身体。到底是什么被嫖了，筱燕秋实在又说不上来。她弓在巷子的拐角处，想呕吐出一些什么，终于又没有能够如愿，只是呕出了一些声音。那些声音既难听，又难闻。

女儿已经睡了。面瓜正看着电视，陷在沙发里头等着筱燕秋。筱燕秋进了门就没有看面瓜。她不肯和面瓜打照面，低着头径直往卫生间去。筱燕秋打算先洗个澡的，又有些过于多疑，担心这样匆忙地洗澡面瓜会怀疑什么，只好坐到便池上去了。坐了一会儿，没有拉出什么，也没有尿出什么。只是拽着内衣，正过来看了看，反过来又看了看。筱燕秋把自己的上上下下全都检查了一遍，没有发现任何点点斑斑，放下心来走出了卫生间。筱燕秋困乏得厉害，为了不让面瓜看出来，便故意弄出一副精神饱满的样子。面瓜还坐在那儿，弄不懂筱燕秋为什么这样开心，傻笑起来，说：“喝酒啦？脸红红的。”筱燕秋的心口咯噔了一下，轻描淡写地说：“哪里红了。”面瓜认真起来，说：“是红了。”筱燕秋不敢纠缠，立即把话岔开了，说：“孩子呢？”面瓜说：“早就睡了。”筱燕秋不情愿面瓜老是站在自己的面前，她实在不能承受面瓜的目光。筱燕秋说：“你先上床去吧，我冲个澡。”她回避了“睡觉”这两个字，但“上床”的意思其实还是一样的。筱燕秋说这句话的时候迅速地瞥了一眼面瓜，面瓜却开心起来了，不住地搓手。筱燕秋的胸口平白无故地便是一阵痛。

筱燕秋把洗澡水的温度调得很烫，几乎达到了疼痛的程度。筱燕秋就希望自己疼。疼的感觉具体而又实在，甚至还有一点快慰，有一种自虐和自戕的味道。筱燕秋把自己冲了又冲，搓了又搓。她用指头抠向身体的深处，企图抠出一点什么，拽出一点什么。洗完了，筱燕秋坐在了客厅里的沙发上，皮肤上泛起了一层红，有些火烧火燎的。大约在深夜十一点，面瓜裹着毛巾被出来了。面瓜显然没睡，挂着一脸巴结的笑，面瓜说：“魂不守舍的，拣到钱包了吧？”筱燕秋没有搭腔。面瓜文不对题地“嗨”了一声，说：“今天是周末了。”筱燕秋凛了一下，紧张起来了，不动。面瓜挨着筱燕秋坐下来，嘴唇正对着筱燕秋的右耳垂。面瓜张开嘴巴，顺势把筱燕秋的耳垂衔在了嘴里，手却向常去的地方去了。筱燕秋的反应是她自己都始料不及的，她一把就把面瓜推开了，她的力气用得那样猛，居然把面瓜从沙发上推下去了。筱燕秋尖声叫道：“别碰我！”这一声尖叫划破了宁静的夜，突兀而又歇斯底里。面瓜怔在地上，起先只是尴尬，后来竟有些恼羞成怒了，夜深人静的，又不敢发作。筱燕秋的胸脯一鼓一鼓的，像胀满了风的帆。筱燕秋抬起头来，眼眶里突然沁出了两汪泪，她望着自己的丈夫，说："面瓜。"

今夜不能入眠。筱燕秋在漆黑的夜里瞪大了眼睛，黑夜里的眼睛最能看清的就是自己的今生今世。筱燕秋的一只眼睛看着自己的过去，一只眼睛看着自己的未来。可筱燕秋的两眼都一样的黑。筱燕秋好几次想伸出手去抚摸面瓜的后背，终于忍住了。她在等天亮。天亮了，昨天就过去了。

除了学戏，春来总是闷不吭声的，静得像一杯水。空闲的时刻春来习惯于一个人坐在一边，又长又弯的眉毛挑在那儿，大而亮的眼睛这儿瞍瞍，那儿瞅瞅，一副妩媚而又自得的模样。春来的身上有一种寂静的美，恬然的美，一举一动都透出弱柳扶风的意味。但是，这样的女孩子说来动静就来了动静。春来无风就是三尺浪。她带来了消息，一个让筱燕秋五雷轰顶的消息。

临近响排的那一天炳璋突然把筱燕秋叫住了。炳璋的脸上很不好看，他闷着头，不声不响地只是把筱燕秋往自己的办公室里带。春来坐在炳璋的办公室里，安安静静地翻着当天的晚报。筱燕秋一看见春来就预感到有什么事发生了。

"她要走。"炳璋一进办公室就这样没头没脑地说。

"谁要走？"筱燕秋蒙在那儿。她看了一眼春来，不解地说，"要到哪里去？"

春来站起身来，依旧不肯看自己的老师。她站在筱燕秋的面前，一言不发，只是望着自己的脚尖。春来的模样再一次使筱燕秋想起了自己的当初，她当初站在李雪芬的病床前面就是这副样子的。但是，自己的心气和春来的现在显然是不可同日而语的。春来磨蹭了半天，开口说话了。春来说："我想走。"春来说："我要到电视台去。"

筱燕秋听清楚了，就是不明白。春来的那两句话前言不搭后语的，筱燕秋弄不清里面的山高水深。筱燕秋说："你要到哪里去？"

春来直接把底牌亮出来了。春来说："我不想演戏了。"

筱燕秋听明白了，每一个字都听清楚了。筱燕秋静静地打量着她的学生，慢慢歪过了脑袋。筱燕秋轻声说："你不想做什么？"

春来又沉默了，接下来的话是炳璋帮她说的。炳璋说："电视台要一个主持人，她报名去了，一个月之前她就报名去了。都已经面试过了，人家要她。"筱燕秋想起来了，说戏的那些日子里头电视台的确是在晚报上面做过广告的，都一个月了，这孩子不声不响居然把什么都准备好了。筱燕秋傻在了沙发旁边，身体晃了一下，就好像被谁拽了一把。筱燕秋顿时就乱了方寸。她伸出双手，打算搭到春来的肩膀上去的，刚一伸手，又收回了原处。筱燕秋喘息了，突然喊道："你知道你在说什么？"

春来看了看窗外，不说话。

"你休想！"筱燕秋大声说。

"我知道你在我的身上花费了心血，可我走到今天也不容易。你不要拦我。"

"你休想！"

"那我退学。"

筱燕秋抬起了双手,就是不知道要抓什么。她看了看炳璋,又看了看春来,双手抖动起来。她一把拽住了春来的衣襟,心碎了。筱燕秋低声说:"你不能,你知道你是谁?"

春来耷拉着眼皮,说:"知道。"

"你不知道!"筱燕秋心痛万分地说,"你不知道你是多好的青衣——你知道你是谁?"

春来歪了歪嘴角,好像是笑。但没出声。春来说:"嫦娥的 B 档演员。"

筱燕秋脱口说:"我去和他们商量,你演 A 档,我演 B 档,你留下来,好不好?"

春来掉过头去,说:"我不抢老师的戏。"

春来还是那样生硬,然而,口气上毕竟有所松动了。筱燕秋抓住了春来的手,慌忙说:"没有,你没有抢我的戏!你不知道你多出色,可我知道。出一个青衣多不容易,老天爷要报应的——你演 A 档,你答应我!"她把春来的手捂在自己的掌心里,急切地说:"你答应我。"

春来抬起了头来,望着她的老师。这么些日子来春来还是第一次这样正眼看她的老师。筱燕秋仔细地研究着春来的目光,这是一种疑虑的目光,一种打算改弦更张的目光。筱燕秋全神贯注地看着春来,就好像春来的目光一移开立即就会飞走了似的。炳璋一直注视着春来,他从春来细微的变化当中看到了玄机。那绝对是七不离八的。炳璋有底了,知道和春来的谈话从哪儿入手了。炳璋对筱燕秋摆了摆手,示意她先出去。筱燕秋不动,都有些神经质了,直到炳璋把手搭在了她的肩上她才缓过了神来。筱燕秋一步一回头。炳璋悄声说:“先回去,你先回去。”

筱燕秋回到了排练大厅,远远地打量着炳璋的那扇窗。那扇窗现在是她的命。排练结束了,人去楼空,空荡荡的排练大厅孤零零地吊着筱燕秋的身影。筱燕秋在焦急地等。夕阳残照,大厅里的粉尘悬浮在半空,橙黄橙黄的,弥漫着一股毫无由头的温馨,植物的叶片被残阳放大了,已经看不出植物叶片的轮廓。筱燕秋抱着胳膊,在大厅里来来回回。炳璋的窗户突然打开了,探出了炳璋的脑袋和一条手臂。筱燕秋看不见炳璋的表情,然而,她看到了炳璋挥舞胳膊。炳璋挥得很有力,最后还把指头握成了拳头。筱燕秋明白了。她扶着墙边的练功架,泪水涌了上来。她的身体沿着墙面慢慢滑落了下去。在她坐在地板上的时候,筱燕秋终于哭出了声来。她的一切差一点就付诸东流了,这真的是一场劫后余生。这是多么幸福的泪水!多么令人欣慰的泪水!筱燕秋扶着一把椅子,扶着椅子的靠背坐了上去。她在椅子上慢慢地哭,慢慢地体会这份幸福与欣慰。筱燕秋在抹眼泪的时候认认真真地责备了自己一回,剧组一成立她其实就应该和春来说明白的,春来要是有戏演,她断不至于去找别的出路的。自己都这个年纪了,一个青衣到了这个岁数,还争什么戏?还演什么 A 档。这样多好!反正春来都已经顶上来了,再怎么说,春来终究是另一个自己,是自己的另一种方式。只要春来唱红了,自己的命脉一样可以在春来的身上流传下去的。这么一想筱燕秋突然轻松了,心中的压力与阴影荡然无存。放弃,彻底放弃。筱燕秋深深地出了一口气,心情为之一振。

减肥真的像一场病。病去如抽丝，病来如山倒。开禁没几天，磅秤的红色指针呼啦一下就把筱燕秋的体重反弹上去了，还捞回了零点五公斤，都有点像有奖销售了。筱燕秋的心情爽朗了一些日子，但是，等体重真的恢复到过去，筱燕秋便又后悔了。刚刚到手的机会说失去就这么失去了，这样的伤心实在是毁灭性的。筱燕秋望着磅秤上的红色指针，指针翘上去一点筱燕秋的心就沉下去一点。但是筱燕秋不允许自己伤心，不是不允许自己流露出伤心，而是不允许自己产生一点点难受的念头，产生多少就掐死多少。做出放弃的承诺之后，筱燕秋原以为自己从此就能够心静如水的。但是没有。相反，登台的念头甚至比以往更强烈了。可是放弃 A 档毕竟是筱燕秋在炳璋的面前亲口承诺的，这个承诺是一把剑，筱燕秋亲眼看着自己被这把剑劈成两个，一个站在岸上，另一个则被摁在了水底。当水下的筱燕秋企图浮出水面的时候，岸上的筱燕秋毫不犹豫地就会用鞋底把她踩向水的深处。岸上的筱燕秋感到了水下的窒息，而水下的筱燕秋则目睹了谋杀的冷酷。岸上和水下的两个女人一起红眼了，怒目相向。筱燕秋在水底与岸上两头挣扎，疲惫万分。她选择了拼命进食，宛如溺水的人拼命喝水。她的体重就此一路飙升。捞回来的体重不仅是对春来的一种交待，同样也是对自己最有效的阻拦。筱燕秋第一次发现自己这么能吃，实在是好胃口。

剧组的人们从筱燕秋的身上看出了反常种种。这个沉默的女人在减肥初见成效的时刻说放弃就放弃了。没有人听到筱燕秋说起过什么，然而，人们看着筱燕秋的脸色重新红润起来了，而唱腔的气息也再一次落了地,生了根。有人猜测,那次“刺花儿”对筱燕秋的刺激一定太大了,要不然,像筱燕秋这样好强的女人不可能说放弃就放弃的。真正反常的也许还不是筱燕秋放弃了减肥,几乎所有的人都注意到了,《奔月》刚进入响排,筱燕秋其实已经把自己撤下来了。实地排练的差不多全是春来,筱燕秋只是提着一张椅子,坐在春来的对面,这儿点拨一下,那儿纠正一下。筱燕秋显出一副愉快万分的模样,只是愉快得有些过了头,就好像太阳都已经放到她们家冰箱里了。这一来就免不了夸张和表演的意思。筱燕秋把所有的精力全都耗在了春来的身上,看上去再也不像一个演员在排练,更像一个导演,严格地说,像春来一个人的导演。人们不知道筱燕秋到底怎么了,没有人知道这个女人的脑子里结的是什么果,开的是什么花。

一到家筱燕秋的疲惫就全上来了。那种疲惫像秋雨之后马路两侧被点燃的落叶,弥散出的呛人的浓烟,缭绕着,纠缠着,盘旋在筱燕秋的体内。筱燕秋甚至连眼睛都有些累了,只要一看住什么东西,一看就是好半天,眼珠子就再也懒得挪动一下了。好几次筱燕秋都直起了腰,大口大口地做深呼吸,想把虚拟的烟雾从自己的胸口呼出去,可是深呼吸总也是吸不到位,努力了几次,筱燕秋只好作罢了。

筱燕秋的失神自然没有逃出面瓜的眼睛,她那种半死不活的模样不能不引起面瓜的高度关注。她在床上已经连续两次拒绝面瓜了,一次冷漠,另一次则神经质。她那种模样就好像面瓜不是想和她做爱,而是提了一把匕首,存心想刺刀见红。面瓜已经暗示了几次了,有些话说得都已经相当露骨了,她竟然什么都没有听得进去。这个女人的心一定开岔了，这个女人看来是不为所动了。

七

炳璋在筱燕秋给春来示范亮相的时候找到了筱燕秋。春来在亮相这个问题上老是处理得不那么到位。亮相不仅是戏剧心理的一种总结，它还是另一种戏剧心理无言的起始。亮相有它的逻辑性，有它的美。亮相最大的难点就是它的分寸，艺术说到底都是一种恰如其分的分寸。筱燕秋连续示范了好几遍。筱燕秋强打着精神，把说话的声音提到了近乎喧哗的程度。她要让所有的人都看出来，她热情洋溢，她还心平气和，她没有丝毫不甘，没有丝毫委屈，她的心情就像用熨斗熨过了一样平整。她不仅是最成功的演员，她还是这个世上最幸福的女人，最甜蜜的妻子。

炳璋这时候过来了。他没有进门，只在窗户的外面对着筱燕秋招了招手。炳璋这一次没有把筱燕秋叫到办公室里去，而是喊到了会议室。他们的第一次谈话就是在会议室里进行的。那一次谈得很好，炳璋希望这一次同样谈得很好。炳璋先是询问了排练的一些具体情况，和颜悦色的，慢条斯理的。炳璋要说的当然不是排练，可他还是习惯于先绕一个圈子。他这个团长不知道为什么，就是有点害怕面前的这个女人。

筱燕秋坐在炳璋的对面，专心致志。她那种出格的专心致志带上了某种神经质的意味，好像等待什么宣判似的。炳璋瞥了一眼筱燕秋，说话便越发小心翼翼了。

炳璋后来把话题终于扯到春来的身上来了。炳璋倒也是打开窗子说起了亮话。炳璋说,年轻人想走,主要还是担心上不了戏,看不到前途,其实也不是真的想走。筱燕秋突然堆上笑,十分突兀地大声说:“我没有意见,真的,我绝对没有意见。”炳璋没有接筱燕秋的话茬,顺着自己的思路往下走。炳璋说:“照理说我早就该找你交流交流的,市里头开了两个会,耽搁了。”炳璋自我解嘲似的笑了笑,说,“你是知道的,没办法。”筱燕秋咽了一口,又抢话了,说:“我没意见。”炳璋小心地看了一眼筱燕秋,说:“我们还是很慎重的,专门开了两次行政会议,我想再和你商量商量,你看这样好不好——”筱燕秋突然站起来了,她站得如此之快,把她自己都吓了一跳。筱燕秋又笑,说:“我没意见。”炳璋紧张地跟着站起了身,疑疑惑惑地说:“他们已经和你商量了?”筱燕秋茫然地望着炳璋,不知道“他们”和她“商量了”什么了。炳璋把下嘴唇含在嘴里,不住地眨眼,有些欲言又止。炳璋最后还是鼓起了勇气,磕磕绊绊地说:“我们专门开了两次行政会议,我们想呢,——他们还是觉得我来和你商量妥当一些,能够从你的戏量里头拿出一半,当然了,你不同意也是合情合理的,你演一半,春来演一半,你看看是不是——”

下面的话筱燕秋没有听清楚,但是前面的话她可是全听清楚了。筱燕秋突然醒悟过来了,这些日子她完全是自说自话了,完全是自作主张了!领导还没有找她谈话呢!一出戏是多大的事!演什么,谁来演,怎么可能由她说了算呢?最后一定要由组织来拍板的。她筱燕秋实在是拿自己太当人了。一人一半,这才是组织上的决定呢,组织上的决定历来就是各占百分之五十。筱燕秋喜出望外,喜出了一身冷汗，脱口说：“我没意见，真的，我绝对没有意见。”

筱燕秋的爽快实在出乎炳璋的意料。他小心地研究着筱燕秋，不像是装出来的。炳璋悄悄地松了一口气。炳璋有些激动，想夸筱燕秋，一时居然没有找到合适的词句。炳璋后来自己也奇怪，怎么说出那样一句话来了，几十年都没人说了。炳璋说：“你的觉悟真是提高了。”筱燕秋在返回排练大厅的路上几乎喜极而泣，她想起了春来闹着要走的那个下午，想起了自己为了挽留春来所说的话。筱燕秋突然停下了脚步，回头看会议室的大门。筱燕秋当着炳璋的面说过的，春来演 A 档，可炳璋并没有拿她的话当回事。显然，炳璋一定只是当筱燕秋放了个屁。筱燕秋对自己说，炳璋是对的，她这个女人所做的誓言顶多只是一个屁。不会有人相信她这个女人的，她自己都不相信。

过道里旋起了一阵冬天的风，冬天的风卷起了一张小纸片。孤寂的小纸片是风的形式，当然也就是风的内容。没有什么东西像风这样形式与内容绝对统一的了。这才是风的风格。冬天的风从筱燕秋的眼角膜上一扫而过，给筱燕秋留下了一阵战栗。纸片像风中的青衣，飘忽，却又痴迷，它被风丢在了墙的拐角。又是一阵风飘来了，纸片一颠一颠的，既像躲避，又像渴求。小纸片是风的一声叹息。

天气说冷就冷了，而公演的日子说近也就近了。老板在这样的时刻表现了老板的威力，老板实在是一个操纵媒体的大师，最初的日子媒体上只是零零星星地做了一些报道，随着公演一天一天地逼近，媒体逐渐升温了，大大小小的媒体一起喧闹了起来。热闹的舆论营造出这样一种态势，就好像一部《奔月》业已构成了公众的日常生活，成了整个社会倾心关注的焦点。媒体设置了这样一个怪圈：它告诉所有的人，“所有的人都在翘首以待”。舆论以倒计时这种最为撩拨人的方式提醒人们，万事俱备，只欠东风。

响排已经接近了尾声。这个上午筱燕秋已经是第五次上卫生间了，一大早起床的时候筱燕秋就发现身上有些不大对路，恶心得要了命。筱燕秋并没有太往心里去。前些日子服用了太多的减肥药，感觉好像也是这样的。第五次走进卫生间之后，筱燕秋的脑子里头一直挂牵着一件事，到底是什么事，一时又有点想不起来，反正有一件要紧的事情一直没有做。筱燕秋就觉着自己胀得厉害，不住地要小解。其实也尿不出什么。利用小解的机会筱燕秋又想了想，还是觉得有一件要紧的事情还没有做。就是想不起来。

洗手的时候一阵恶心重又犯上来了，顺带着还涌上来一些酸水。筱燕秋呕了几口，突然愣住了。她想起来了。筱燕秋终于想起来了。她知道这些日子到底是什么事还没做了。她惊出了一身汗，站在水池的前面，一五一十地往前推算。从炳璋第一次找她谈话算起，今天正好是第四十二天。四十二天里头她一直忙着排戏，居然把女人每个月最要紧的事情弄忘了。其实也不是忘了，破东西它根本就没有来！筱燕秋想起了四十二天之前她和面瓜的那个疯狂之夜。那个疯狂的夜晚她实在是太得意忘形了，居然疏忽了任何措施。她这三亩地怎么就那么经不起惹的呢？怎么随便插进一点什么它都能长出果子来的呢？她这样的女人的确不能太得意，只要一忘乎所以，该来的肯定不来，不该来的则一定会叫你现眼。筱燕秋下意识地捂住了自己的小肚子，先是一阵不好意思，接下来便是不能遏制的恼怒。公演就在眼前,她那天晚上怎么就不能把自己的大腿根夹紧呢?筱燕秋望着水池上方的小镜子,盯着镜子中的自己。她像一个最粗鲁的女人用一句最下作的话给自己做了最后总结:“×你妈的,夹不住大腿根的贱货!”

肚子成了筱燕秋的当务之急。筱燕秋算了一下日子,这一算一口凉气一直逼到了她的小腿肚子。公演的日子就在眼前,要是在戏台上犯了恶心,呕吐起来,救火都来不及的。首选当然是手术。手术干净、彻底,一了百了。可手术到底是手术,皮肉之苦还在其次,恢复起来可实在是太慢了。上了台,你就等着“刺花儿”吧。筱燕秋五年之前做过一次小月子,刮完了身子骨便软了,趿拉了二十多天。筱燕秋不能手术,只有吃药。药物流产不声不响的,歇几天或许就过去了。筱燕秋站在水池的前面,愣在那儿,突然走出了卫生间,直接往大门口的方向去。筱燕秋要抢时间,不是和别人抢,而是和自己抢,抢过来一天就是一天。

筱燕秋的手上捏了六粒白色的小药片。医生交代了,早晚各一粒,后天上午两粒,吃完了再去找他。小药片的名字起得实在是抒情,“含珠停”。就好像筱燕秋的肚子里头这刻儿含着的是一粒锃亮的珍珠,正在缓缓地生长,筱燕秋要做的事情是把它停下来。难怪现在写诗的少了,写戏的少了,他们都忙着给大大小小的药丸子起名字去了。筱燕秋望着手里的小药片,心中涌上了一阵酸楚。女人的一生总是由药物陪伴,嫦娥开了这个头,她筱燕秋也只能步嫦娥的后。药物实在是一个古怪的东西,它们像生活当中特别诡异的阴谋。

筱燕秋的家离医院有一段路,筱燕秋还是决定步行回去。一路上她生着自己的气，更多的是生面瓜的气。到家的时候她已经不是在生面瓜的气了，而是对面瓜充满了仇恨。一进家门她就没有给面瓜好脸。筱燕秋没有吃，没有洗，倒下头便睡。

筱燕秋没有请假，说到底流产这样的事情也不是什么了不得的光荣，没必要弄得路人皆知。只不过筱燕秋有点扛不住“含珠停”的药物反应。她恶心得厉害了，身子骨全轻了，像是从月亮上刚飞回来的。筱燕秋用力支撑着，总算把这一天的排练挺过来了。但是，她的仇恨却与日俱增。筱燕秋这一次总算把面瓜恨到骨子里头了。第二天的夜晚是昨天晚上的翻版，气氛却比昨天更为凌厉。筱燕秋走进家门的时候更加严峻地阴着一张脸，不吃，不喝，不洗，不说，一声不响地上床。家里异样了。冬天的风一起堵在了面瓜的门口，顺着门缝扁扁地劈了进来。面瓜静静地听了一会儿，不知所以，不知所措。

但是筱燕秋并没有睡。面瓜在夜深人静的时候听到了她的沉重叹息。她把气吸得那么深，而呼的时候却故意收住了，静悄悄的，好像故意不让人听见似的，这又瞒得住谁呢？面瓜也轻轻地叹了一口气。生活出了问题了，生活绝对出了问题了。面瓜看到了生活的尽头。

面瓜开始缅怀起过去。一个人学会了缅怀，必然意味着某一种东西走到了尽头。面瓜是在筱燕秋最落魄的时候鸠占了雀巢，两个人原本就不般配的。人家现在又能演戏了，又要做大明星了，做了嫦娥的人除了想往天上飞还往哪儿飞？她迟早总是要飞回到天上去的。这个家离鸡飞狗散的日子绝对不远了。面瓜记起了筱燕秋这些日子里的诸种反常，面对着夜的颜色，兀自冷笑了一回。

一大早筱燕秋吃掉最后两粒药片，坐在家里静静地等。上午九点，筱燕秋带上擦换的纸巾往医院去。医生没有做别的，还是命令她吃药。这一回医生给她的是三颗六角形的白色片剂，筱燕秋一口吞进了肚子，转了一会儿，在一边的椅子上静静地坐等。腹部的阵痛在她坐下之后慢慢开始了，一阵紧似一阵。筱燕秋弓在那儿，不声不响地喘息。后来医生过来了，厉声说："坐在这儿做什么？要等四个小时呢。出去跑，跳，坐在这儿做什么？"筱燕秋来到了楼下，肚子却疼得咬人了，有些支撑不住，就想找个地方好好躺下来。筱燕秋不敢回到楼上，实在又不愿意待在医院的门口，万一碰上熟人免不了丢人现眼。筱燕秋实在熬不过去，一赌气就回到了家中。家中没有人，整座楼上都没有人。筱燕秋站在客厅里头，突然想起了医生的话。她决定跳，决定在这个无人的时刻筱燕秋弄出一点动静来。筱燕秋脱了鞋，光着脚，"呼"地一下一蹦多高。光着的脚后跟落在了楼板上，楼板"咚"地一下，吓了筱燕秋一跳，听上去却鼓舞人心。筱燕秋倾听了片刻，再跳，楼板"咚"地又一下。楼板的轰隆声激励了筱燕秋，筱燕秋越跳越疼，越疼越跳，颠跳伴随着疼痛，疼痛伴随着颠跳。筱燕秋越跳越高，越跳越来神了。一阵空前的畅快与轻松突然间布满了筱燕秋，这真是一次意外的收获，意外的惊喜。筱燕秋扒掉了大衣，在自己的大衣上拼命地跳跃、拼命地扭动。她的头发散开来了，像一万只手，在半空中乱舞乱抓。筱燕秋就想叫，只想叫。不过不叫也没有关系，这样就足够了。筱燕秋都忘记了为什么而跳的了，她现在只是为跳而跳，为"咚咚"作响而跳，为地动山摇而跳。筱燕秋痛快淋漓了，升腾起来了，飞起来了。她竭尽了全力，直至耗尽了最后一丝体力。

筱燕秋躺在地板上，眼窝里沁出了幸福的泪。

楼下小卖部的女人听到了楼上的反常动静。她伸出了脖子，自语说：“楼上这是怎么啦？”她的丈夫正在数钱，没有抬头，“嗨”了一声，说：“装修呢。”

中午时分那粒“珍珠”从筱燕秋的体内滑落了出来。血在流，疼痛却终止了。无痛一身轻，从疼痛中解脱出来的时刻多么令人陶醉！筱燕秋疲惫万分。她躺在床上，仔细详尽地体会着这份陶醉、这份轻松、这份疲惫。陶醉是一种境界。轻松是一种领悟。疲惫是一种美。

筱燕秋睡着了。

筱燕秋不知道这一觉睡了有多久，昏睡之中筱燕秋做了许多细碎的梦，连不成片断，像水面上的月光，波光粼粼的，密密匝匝的，闪闪烁烁的，一个都拣不起来。筱燕秋甚至知道自己在做梦，但是醒不来。

“咣当”一声，面瓜下班了。今天下午面瓜下班到家之后显得有点异样，手上没有了轻重，似乎什么都碍他的事。面瓜摔摔打打的，这儿“咚”地一下，那儿“轰”地一下。筱燕秋想支起身子和他说些什么，但是整个人都绵软了，只好罢了。筱燕秋翻了个身，接着睡。

筱燕秋看出了事态的严重性。事实上，当一个人看出了事态的严重性的时候，事态往往已经超出了当事人的认知程度。说起来还是女儿提醒了筱燕秋，那天女儿晚上故意绕到了卫生间里头，问筱燕秋说：“爸爸最近怎么啦？”女儿的脸上是一无所知的样子，孩子的一无所知往往意味着知根知底。这句话把筱燕秋问醒了，她从女儿的目光当中看到了自己的恍惚，看到了家中潜在的危险性。第二天排练一结束筱燕秋就撑着身子拐到了菜场，买了一只老母鸡，顺便还捎了一些洋参片。天这么冷了，面瓜一天到晚站在风口，该给他补一补了。再说自己也该补一补了。等吃完了这顿饭，筱燕秋一定要和面瓜好好聊一聊的。

面瓜回家的时候脸上紫紫的，全是冬天的风。筱燕秋迎了上去。筱燕秋一点都不知道自己热情得有多过分，一点都不像居家过日子的模样。面瓜疑疑惑惑地看了筱燕秋一眼，挪开之后的目光愈发疑云密布了。女儿远远地看了看父母这边，趴在阳台上做作业去了。客厅里头只有筱燕秋和面瓜两个。筱燕秋回头瞄了一下阳台，舀了一碗鸡汤端到了餐桌上。筱燕秋像一个下等酒馆的女老板，热情地劝了，说："喝点吧，天冷了，补补，鸡汤，还加了洋参片。"

面瓜陷在沙发里头，没动，却点起了一根香烟。面瓜的胸脯笑了一下，脸上的笑容就不那么像笑，看上去有些古怪。面瓜把打火机丢在茶几上，自语说："补补。鸡汤。还加了洋参片。"面瓜抬起头，说，"补什么补？这么冷的天，让我夜里到大街上去转圆圈？"

这话伤人了。这话一出口面瓜也知道伤人了，听上去还特别的别扭。就好像夫妻两个在一起生活就为了床上那些事似的，这一来又戳到了筱燕秋的痛处。面瓜其实并没有细想，只是心情不好，脱口就出来了。面瓜想缓和一下，又笑，这一回笑得就更不像笑了，看上去一脸的毒。筱燕秋当头遭到了一盆凉水，生活中最恶俗、最卑下的一面裸露出来了。筱燕秋重新把脸拉了下来，说："不喝拉倒。"

说完这话筱燕秋瞄了一眼阳台，目光正好和女儿撞上了。女儿立即把目光避开了。仰起头，做出一副认真思考的样子。

八

彩排极其成功。春来演了大半场，临近尾声的时候筱燕秋演了一小段，算是压轴。师生同台，真的成了一件盛事了。炳璋坐在台下的第二排，控制着自己，尽量平静地注视着戏台上的两代青衣。炳璋太兴奋了，差不多溢于言表了。炳璋跷着二郎腿，五只手指像五个下了山的猴子，开心得一点板眼都没有。几个月之前剧团是一副什么样子，现在说上戏就上戏了。炳璋为剧团高兴，为春来高兴，为筱燕秋高兴，然而，他还是为自己高兴。炳璋有理由相信自己成了最大赢家。

筱燕秋没有看春来的彩排，她一个人坐在化妆间里休息了。她的感觉实在不怎么好。后来筱燕秋上台了，筱燕秋一登台就演唱了《广寒宫》，这是嫦娥奔月之后幽闭于广寒宫中的一段唱腔，即整部《奔月》最大段、最华彩的一段唱，二簧慢板转原板转流水转高腔，历时十五分钟之久。嫦娥置身于仙境，长河即落，晓星将沉，嫦娥遥望着人间，寂寞在嫦娥的胸中无声地翻涌，碧海青天放大了她的寂寞，天风浩荡，被放大的寂寞滚动起无从追悔的怨恨。悔恨与寂寞相互撕咬，相互激荡，像夜的宇宙，星光闪闪的，浩渺无边的，岁岁年年的。人是自己的敌人，人一心不想做人，人一心就想成仙。人是人的原因，人却不是人的结果。人啊，人哪，你在哪里？你在远方，你在地上，你在低头沉思之间，你在回头一瞥之间，你在悔恨交加之间。人总是吃错了药，吃错了药的一生经不起回头一看，低头一看。吃错药是嫦娥的命运，女人的命运，人的命运。人只能如此，命中八尺，你难求一丈。

这段二簧的后面有一段笛子舞，嫦娥手里拿着从人间带过去的一把竹笛，众仙女飘飘然，徐徐而上。嫦娥在众仙女的环抱之中做无助状，做苦痛状，做悔恨状，做无奈状，做盼顾状。嫦娥与众仙女亮相。整部《奔月》就是在这个亮相之中降下大幕的。

照炳璋原来的意思，彩排的戏量筱燕秋与春来一人一半的。筱燕秋没有同意。她对自己的身体没有把握。嫦娥在服药之后有一段快板唱腔，快板下面又是一段水袖舞，水袖舞张狂至极，幅度相当大。不论是快板还是水袖舞，都是力气活儿。放在过去筱燕秋自然是没有问题的，今天却不行。筱燕秋流产毕竟才第五天。虽说是药物流产，可到底失了那么多的血，身子还软，气息还虚，筱燕秋担心自己扛不下来，到底也不是正式演出。筱燕秋的决定的确是明智的，笛子舞过后，大幕刚刚落下，筱燕秋一下子就坍塌在地毯上了，把身边的"仙女们"吓了一大跳。好在筱燕秋并不慌张，她坐在毡毯上，笑着说："绊了一下，没事的。"筱燕秋没有谢幕，直接到卫生间去了。她感到了不好，下身热热的，热热的东西在往下淌。

筱燕秋从卫生间里出来，一拐弯就被众人围住了。炳璋站在最前面，冲着她无声地微笑，翘着他的大拇指。炳璋在赞美筱燕秋。炳璋的赞美是由衷的，他的眼里噙着泪花。筱燕秋的嫦娥实在是太出色了。炳璋把左手搭在筱燕秋的肩膀上，说："你真的是嫦娥。"

筱燕秋无力地笑着。她突然看见春来了，还有老板。春来依偎在老板身边，仰着脸，满面春风，一路走一路和老板说着什么。老板步履矫健，神采奕奕，像微服私访的伟人。老板亲切地微笑着，边微笑边点头。筱燕秋从他们的神态上面敏锐地捕捉到了异样的征候，心口咯噔了一下。筱燕秋笑了笑，迎了上去。

《奔月》公演的这天下起了大雪，一大早就是雪霁之后晴朗的冬日。晴朗的太阳把城市照得亮亮的，白白的，都有些刺眼了。大雪覆盖了城市，城市像一块巨大的蛋糕，铺满了厚厚的奶油，又柔和，又温馨，笼罩着一种特殊的调子，既像童话，又像生日。筱燕秋躺在床上，目光穿过了阳台，静静地看着玻璃外面的巨大"蛋糕"。筱燕秋没有起床，她就是弄不明白，下身的血怎么还滴滴答答的，一直都不干净。筱燕秋没有力气，她在静养。她要把所有的力气都省下来，留给戏台，留给戏台上的一举一动，一字一句。

临近傍晚的时分厚厚的"蛋糕"已经被糟踏得不成样子了，有一种客人散尽、杯盘狼藉的意味。雪化了一部分，积余了一部分，化雪的地方裸露出了大地的乌黑、肮脏、丑陋，甚至狰狞。筱燕秋叫了一辆出租车，早早来到了剧院。化妆师和工作人员早到齐了。今天是一个不一般的日子，是筱燕秋这一生当中最为重要的日子。一下车筱燕秋就在台前与台后都走了一遍，看了一遍，和工作人员招呼了几回，然后，回到化妆间，查看过道具，静静地坐在了化妆台的前面。

筱燕秋望着镜子里的自己，慢慢地调息。她细细地端详着自己，突然觉得自己今天是一个古典的新娘。她要精心地梳妆，精心地打扮，好把自己闪闪亮亮地嫁出去。她不知道新郎是谁，尚未拉开的红色大幕是她头上的红头盖，把她盖住了。一阵慌张十分突兀地涌向了筱燕秋的心房，筱燕秋慌张得厉害。红头盖是一个双重的谜，别人既是你的谜，你同样又构成了别人的谜。你掩藏在红头盖的下面，你与这个世界彻底变成了互猜的关系，由不得你不紧张，不心跳，不神飞意乱。

筱燕秋深吸了一口气，定下心来。她披上了水衣。扎好，然后，筱燕秋伸出了手去。她取过了底彩。她把肉色的底彩挤在了左手的掌心上，均匀地抹在脸上，脖子上，手背上。抹匀了，筱燕秋开始搽凡士林。化妆师递上了面红，筱燕秋用中指一点一点地把自己的眼眶、鼻梁画红了，左右研究了一回，满意了，拍定妆粉。筱燕秋开始上胭脂了。胭脂搽在了面红抹过的部位，面红立即出彩了，鲜亮了起来，镜子里青衣的模样顿时就出来了一个大概。现在轮到眼睛了。筱燕秋用指尖顶住了眼角，把眼角吊向太阳穴的斜上方，画眼，画眉。画好了，筱燕秋松开手，眼角的皮肤一起松垮垮地掉了下来，而眼眶却画在了高处，这一来眼角那一把就有些古怪，妖里妖气的。

化完妆，筱燕秋便把自己交给了化妆师。化妆师湿好了勒头带，开始为筱燕秋吊眉。化妆师把筱燕秋的眼角重新顶上去，筱燕秋感到有点疼。化妆师用潮湿的勒头带把筱燕秋的脑袋裹了一圈又一圈，勒住了眼角的皮，紧绷绷的，吊上去的眼角这一回算是固定住了，筱燕秋的双眼呈现“八”字状，看上去有点像传说中的狐狸，妩媚起来了，灵动起来了。吊好眉，化妆师为筱燕秋贴上大片，左腮一个，右腮一个，筱燕秋的脸型一下子变了，居然变成了一只剥了壳的鸡蛋。上好齐眉穗，盖好水纱，戴上头套，假发，一个活灵活现的青衣立时就出现在镜框里了。筱燕秋盯着自己，看，她漂亮得自己都认不出自己来了。那绝对是另一个世界里的另一个女人。但是，筱燕秋坚信，那个女人才是筱燕秋，才是她自己。筱燕秋挺起了胸，侧过头，意外地发现化妆间里挤了好些人。他们一起愣在那儿，专心地看着她，用一种疑惑的眼光研究着她。筱燕秋看到了春来，春来就在身边。春来一直就站在筱燕秋的身边。春来呆在那儿，她不敢相信面前的女人就是与她朝夕相处的老师筱燕秋。筱燕秋简直就是变魔术，突然变出一个人来了。筱燕秋睃了春来一眼。她知道这个小女人此时此刻的心情。她看得出，这个小女人妒忌了。筱燕秋没有开口，她现在谁也不是。她现在只是自己，是另一个世界里的另一个女人。是嫦娥。

大幕拉开了。红头盖掀起来了。筱燕秋撂开了两片水袖。新娘把自己嫁出去了。没有新郎，这个世界就是新郎，所有的人都是新郎。所有的新郎一起盯住了唯一的新娘。筱燕秋站在入口处，锣鼓响了起来。

筱燕秋没有料到一出戏如此之短，筱燕秋只觉得刚开了一个头，刚刚离开了这个世界，说回来就又回来了。筱燕秋起初还担心自己的身体吃不消的，刚刚登台的时候是有那么一点紧张，很快她就完全放松下来了。她开始了抒发，开始了倾诉，她彻底忘记了自己，甚至，彻底忘记了嫦娥，她把满腔的块垒抽成了一根绵延的细长的丝，一点一点地吐了出来，缠绕了起来，挥洒了起来。她在世界的面前袒露出了她自己，满世界都在为她喝彩。她越来越投入，越来越痴迷，筱燕秋越陷越深。这是喜悦的两个小时，哭泣的两个小时，五味俱全的两个小时，缤纷飞扬的两个小时，酣畅的两个小时，凄艳的两个小时，恣意的两个小时，迷乱的两个小时，这还是类似于床笫之欢的两个小时。筱燕秋的身体连同她的心窍，一起全都打开了，舒张了，延展了，润滑了，柔软了，自在了，饱满了，接近于透明，接近于自溢，处在了亢奋的临界点。筱燕秋就感到自己成了一颗熟透了的葡萄，就差轻轻的、尖锐的一击，然后，所有黏稠的液汁就会了却心愿般地流淌出来。可是，戏完了，没戏了，结束了，“那个女人”说走就走了，毫不留情地把筱燕秋留给了筱燕秋。筱燕秋置身于巨大的惯性之中，她停不下来，她的身体不肯停下来。筱燕秋欲罢不能，她还要唱，还要演。筱燕秋不知道自己是怎么谢幕的，可大幕黑了一张脸，拉下了。那感觉就如同高潮临近的时候男人突然收走了他的器具。筱燕秋伤心欲绝。筱燕秋就想对着台下喊：“不要走，我求求你，你们都回来，你们快回来！”

散场了，一切都结束了。筱燕秋不是不累，而是有劲儿无处使。她在焦虑之中蠢蠢欲动。她在百般失落之中走向了后台，炳璋站在那儿，似乎在等着她。炳璋张开了双臂，正在出口那边高兴地迎候着她。筱燕秋走到炳璋的面前，委屈得像个孩子。她扑在了炳璋的怀里。她把脸埋进炳璋的胸前，失声痛哭。炳璋拍着她，不停地拍着她。炳璋懂。炳璋一个劲儿地眨巴他的眼睛。没有人知道筱燕秋的心思，没有人知道筱燕秋此时此刻最想做的是什么。筱燕秋自己也说不上来。嫦娥飞走了，只把筱燕秋一个人留在了这个世界上。筱燕秋就觉得自己想找一个男人，不要命地做一次爱。筱燕秋突然抬起了头来，脸上的油彩糊成了一片，三分像人，七分像鬼，炳璋吓了一跳。炳璋再也没有料到筱燕秋会说出这样的话来，炳璋听了筱燕秋的话才知道自己并不懂得这个女人。筱燕秋冷冷地望着炳璋，说：“明天还是我。你答应我。明天我还是要上！”

筱燕秋一口气演了四场。她不让。不要说是自己的学生，就是她亲娘老子来了她也不会让。这不是 A 档 B 档的事。她是嫦娥，她才是嫦娥。筱燕秋完全没有在意剧团这几天气氛的变化，完全没有在意别人看她的目光，她管不了这些。只要化妆的时间一到，她就平平静静地坐在了化妆台的前面，把自己弄成别人。

天气晴好了四天，午后的天空又阴沉下来了。昨晚的天气预报说了，今天午后有大风雪的。下午风倒是起了，雪花却没有。午后的筱燕秋又乏了，浑身上下像是被捆住了，两条腿费劲得要了命。下午刚过了三点，筱燕秋突然发起了高烧，而下身又见红了，量比以往似乎还多了些，都没完没了了。高烧来得快，上得更快。筱燕秋的后背上一阵一阵地发寒，大腿的前侧似乎也多出了一根筋，拽在那儿，吊在那儿，无缘无故地扯着疼。筱燕秋到底不踏实了，到医院挂了妇科门诊。筱燕秋计划好了的，开上药，吃了，好歹也不会耽搁晚上的演出。可这一回医生倒是没有忙着让她吃药，而是问了又问，开出一大串的检查单子，叫她查了又查。医生一脸的肃穆，既没有吓人的话，也没有宽慰人的话，一副死不了也不怎么好的样子。医生最后开口了，医生说：“怎么拖到现在？内膜都感染成这样了，你看看血项。”医生后来说，“手术还是要做。最好呢，住下来。”筱燕秋没有讨价还价，生硬地说：“我不住。”筱燕秋又追了一句，说，“手术能不能等些时候？”医生的目光从眼镜镜框的上方看过来，说：“身体不等人哪。”筱燕秋说：“我不住。”医生拿起了处方，龙飞凤舞，说：“先消炎，再忙你也得先消炎。先吊两瓶水再说。”

利用取药的工夫筱燕秋拐到大厅，她看了一眼时钟，时间不算宽裕，毕竟也没到火烧眉毛的程度。吊到五点钟，完了吃点东西，五点半赶到剧场，也耽搁不了什么。这样也好，一边输液，一边养养神，好歹也是住在医院里头。

筱燕秋完全没有料到会在输液室里头睡得这样死，简直都睡昏了。筱燕秋起初只是闭上眼睛养养神的，空调的温度打得那么高，养着养着居然就睡着了。筱燕秋那么疲惫，发着那么高的烧，输液室的窗户上又挂着窗帘，人在灯光下面哪能知道时光飞得有多快？筱燕秋一觉醒来，身上像松了绑，舒服多了。醒来之后筱燕秋问了问时间，问完了眼睛便直了。她拔下针管，包都没有来得及提，拔完了针管就往门外跑。

天已经黑了。雪花却纷扬起来。雪花那么大，那么密，远处的霓虹灯在纷飞的雪花中明灭，把雪花都打扮得像无处不入的小婊子了，而大楼却成了气宇轩昂的嫖客，挺在那儿，在错觉之中一晃一晃的。筱燕秋拼命地对着出租车招手，出租车有生意，多得做不过来，傲慢得只会响喇叭。筱燕秋急得没病了，一个劲儿地对着出租车挥舞胳膊，都精神抖擞了。她一路跑，一路叫，一路挥舞她的胳膊。

筱燕秋冲进化妆间的时候春来已经上好妆了。她们对视了一眼，春来没有开口。筱燕秋上课的时候关照过她的，化上妆这个世界其实就没有了，你不再是你，他也不再是他，——你谁都不认识，谁的话你也不要听。筱燕秋一把抓住了化妆师，她想大声告诉化妆师，她想告诉每一个人，“我才是嫦娥，只有我才是嫦娥！”但是筱燕秋没有说。筱燕秋现在只会抖动她的嘴唇，不会说话。此时此刻，筱燕秋就盼望着西母娘娘能从天而降，能给她一粒不死之药，她只要吞下去，她甚至连化妆都不需要，立即就可以变成嫦娥了。西母娘娘没有出现，没有人给筱燕秋不死之药。筱燕秋回望着春来，上了妆的春来比天仙还要美。她才是嫦娥。这个世上没有嫦娥，化妆师给谁上妆谁才是嫦娥。

锣鼓响起来了。筱燕秋目送着春来走向了上场门。大幕拉开了，筱燕秋看见老板坐在了第三排的正中央。他像伟人一样亲切地微笑，伟人一样缓慢地鼓掌。筱燕秋望着老板，反而平静下来了。筱燕秋知道她的嫦娥这一回真的死了。嫦娥在筱燕秋四十岁的那个雪夜停止了悔恨。死因不详，终年四万八千岁。

筱燕秋回到了化妆间，无声地坐在化妆台前。剧场里响起了喝彩声，化妆间里就越发寂静了。她望着自己，目光像秋夜的月光，汪汪地散了一地。筱燕秋一点都不知道她做了些什么，她像一个走尸，拿起水衣给自己披上了，然后取过肉色底彩，挤在左手的掌心，均匀地、一点一点地往脸上抹、往脖子上抹，往手上抹。化完妆，她请化妆师给她吊眉、包头、上齐眉穗、带头套，最后她拿起了她的笛子。筱燕秋做这一切的时候是镇定自若的，出奇地安静。但是，她的安静让化妆师不寒而栗，后背上一阵一阵地竖毛孔。化妆师怕极了，惊恐地盯着她。筱燕秋并没有做什么，也没有说什么，只是拉开了门，往门外走。

筱燕秋穿着一身薄薄的戏装走进了风雪。她来到剧场的大门口，站在了路灯的下面。筱燕秋看了大雪中的马路一眼，自己给自己数起了板眼，同时舞动起手中的竹笛。她开始了唱，她唱的依旧是二簧慢板转原板转流水转高腔。雪花在飞舞，剧场的门口突然围上来许多人，突然堵住了许多车。人越来越多，车越来越挤，但没有一点声音。围上来的人和车就像是被风吹过来的，就像是雪花那样无声地降落下来的。筱燕秋旁若无人。剧场内爆发出又一阵喝彩声。筱燕秋边舞边唱，这时候有人发现了一些异样，他们从筱燕秋的裤管上看到了液滴在往下淌。液滴在灯光下面是黑色的，它们落在了雪地上，变成一个又一个黑色窟窿。

玉 米

出了月子施桂芳把小八子丢给了大女儿玉米，除了喂奶，施桂芳不带孩子。按理说施桂芳应该把小八子衔在嘴里，整天肉肝心胆的才是。施桂芳没有。做完了月子施桂芳胖了，人也懒了，看上去松松垮垮的。这种松松垮垮里头有一股子自足，但更多的还是大功告成之后的懈怠。施桂芳喜欢站在家门口，依住门框，十分安心地嗑着葵花子。施桂芳一只手托着瓜子，一只手挑挑拣拣的，然后捏住，三个指头肉乎乎地翘在那儿，慢慢等候在下巴底下。施桂芳的懒主要体现在她的站立姿势上，施桂芳只用一只脚站，另一只却要垫到门槛上去，时间久了再把它们换过来。人们不太在意施桂芳的懒，但人一懒看起来就傲慢。人们看不惯的其实正是施桂芳的那股子傲气，她凭什么嗑葵花子也要嗑得那样目中无人？施桂芳过去可不这样。村子里的人都说，桂芳好，一点官太太的架子都没有。施桂芳和人说话的时候总是笑着的，如果正在吃饭，笑起来不方便，那她一定先用眼睛笑。现在看起来过去的十几年施桂芳全是装的，一连生了七个丫头，自己也不好意思了，所以敛着，客客气气的。现在好了，生下了小八子,施桂芳自然有了底气,身上就有了气焰。虽说还是客客气气的,但是客气和客气不一样,施桂芳现在的客气是支部书记式的平易近人。她的男人是村支书,她又不是,她凭什么懒懒散散地平易近人?二婶子的家在巷子的那头,她时常提着丫杈,站在阳光底下翻草。二婶子远远地打量着施桂芳,动不动就是一阵冷笑,心里说,大腿叉了八回才叉出个儿子,还有脸面做出女支书的模样来呢。

施桂芳二十年前从施家桥嫁到王家庄,一共为王连方生下了七个丫头。这里头还不包括掉了的那三胎。施桂芳有时候说,说不定掉走的那三胎都是男的,怀胎的反应不大同,连舌头上的淡寡也不一样。施桂芳每次说这句话都要带上虚设往事般的侥幸心情,就好像只要保住其中的一个,她就能一劳永逸了。有一次到镇上,施桂芳特地去了一趟医院,镇上的医生倒是同意她的说法,那位戴着眼镜的医生把话说得很科学,一般人是听不来的,好在施桂芳是个聪明的女人,听出意思来了。简单地说,男胎的确要娇气一些,不容易挂得住,就是挂住了,多少也要见点红。施桂芳听完医生的话,叹了一口气,心里想,男孩子的金贵打肚子里头就这样了。医生的话让施桂芳多少有些释怀,她生不出男孩也不完全是命,医生都说了这个意思了,科学还是要相信一些的。但是施桂芳更多的还是绝望,她望着码头上那位流着鼻涕的小男孩,愣了好大一会儿,十分怅然地转过了身去。

王连方却不信邪。支部书记王连方在县里学过辩证法,知道内因和外因、鸡蛋和石头的关系。关于生男生女,王连方有着极其隐秘的认识。女人只是外因,只是泥地、温度和墒情,关键是男人的种子。

好种子才是男孩,种子差了才是丫头。王连方望着他的七个女儿,嘴上不说,骨子里头却是伤了自尊。

男人的自尊一旦受到挫败反而会特别地偏执,王连方开始和自己犟。他下定了决心,决定排除万难去争取胜利。儿子一定要生。今年不行明年,明年不行后年,后年不行大后年。王连方既不渴望速胜,也不担心绝种。他预备了这场持久战。说到底男人给女人下种也不算特别吃苦的事。相反,施桂芳倒有些恐惧了。刚刚嫁过来的那几年,施桂芳对待房事是半推半就的,这还是没过门的时候她的嫂子告诉她的。嫂子把她嘴里的热气一直哈到施桂芳的耳垂上,告诫桂芳一定要夹着一些,捂着一些,要不然男人会看轻了你,看贱了你。嫂子用那种晓通世故的神秘语气说,要记住桂芳,难啃的骨头才是最香的。嫂子的智慧实际上没有能够派上用场。连着生了几个丫头,事态反过来了,施桂芳不再是半推半就,甚至不是半就半推,确实是怕了。她只能夹着,捂着。夹来捂去的把王连方的火气都弄出来了。那一天晚上王连方给了她两个嘴巴,正面一个,反面一个。"不肯?儿子到现在都没叉出来,还一顿两碗饭的!"王连方的声音那么大,站在窗户的外面也一定能听得见。施桂芳"在床上不肯",这话传出去就要了命了。光会生丫头,还"不肯",绝对是丑女多作怪。施桂芳不怕王连方打,就是怕王连方吼。他一吼施桂芳便软了,夹也夹不紧,捂也捂不严。王连方像一个笨拙的赤脚医生,板着脸,拉下施桂芳的裤子就插针头,插进针头就注射种子。施桂芳怕的正是这些种子,一颗一颗地数起来,哪一颗不是丫头。

老天终于在1971年开眼了。阴历年刚过,施桂芳生下了小八子。这个阴历年不同寻常,有要求的,老百姓们必须把它过成一个"革命化"的春节。村子里严禁放鞭炮,严禁打扑克。这些严禁令都是王连方在高音喇叭里向全村老少宣布的。什么叫革命化的春节,王连方自己也吃不准。吃不准不要紧,关键是做领导的要敢说。新政策就是做领导的脱口而出。王连方站在自家的堂屋里,一手捏着麦克风,一手玩弄着扩音器的开关,开关小小的,像一个又硬又亮的感叹号。王连方对着麦克风厉声说:"我们的春节要过得团结、紧张、严肃、活泼。"说完这句话王连方就把亮锃锃的感叹号揿了下去。王连方自己都听出来了,他的话如同感叹号一般,紧张了,严肃了,冬天的野风平添了一股浩荡之气,严厉之气。

初二的下午王连方正在村子里检查春节,他披着旧大衣,手上夹了半截子飞马香烟。天气相当地阴冷,巷子里萧索得很,是那种喜庆的日子少有的冷清,只有零星的老人和孩子。男将们不容易看得到,他们一定躲到什么地方赌自己的手气去了。王连方走到王有庆的家门口,站住了,咳了几声,吐出一口痰。王有庆家的窗户慢慢拉开一道缝隙,露出了王有庆老婆的红棉袄,有庆家的面对着巷口,越过天井敞着的大门冲王连方打了一个手势。屋子里的光线太暗,她的手势又快,王连方没看清楚,只能把脑袋侧过去,认真地调查研究。这时候高音喇叭突然响了,传出了王连方母亲的声音,王连方的老母亲掉了牙,主要是过于急促,嗓音里夹杂了极其含混的气声,呼噜呼噜的。高音喇叭喊道:"连方啊连方啊,养儿子了哇!家来呀!"王连方歪着脑袋,听到第二遍的时候听明白了。回过头去再看窗前的红棉袄,有庆家的已经垂下了双肩,脸却靠到了窗棂口,面无表情地望着王连方，看上去有些怨。这是一张好看的脸，红色的立领裹着脖子，对称地竖在下巴底下，像两只巴掌托着，格外地媚气了。高音喇叭里杂七杂八的，听得出王连方的堂屋里挤的都是人。后来唱机上放上了一张唱片，满村子都响起了《大海航行靠舵手》，村里的空气雄赳赳的，昂扬着，还一挺一挺的。有庆家的说："回去吧你，等你呢。"王连方用肩头簸了簸身上的军大衣，兀自笑起来，心里说："妈个巴子的。"

玉米在门口忙进忙出。她的袖口挽得很高，两条胳膊已经冻得青紫了。但是玉米的脸颊红得厉害，有些明亮，发出难以掩抑的光。这样的脸色表明了内心的振奋，却因为用力收住了，又有些说不出来路的害羞，绷在脸上，所以格外地光滑。玉米在忙碌的过程中一直咬着下嘴唇，就好像生下小八子的不是母亲，而是玉米她自己。母亲终于生儿子了，玉米实实在在地替母亲松了一口气，这份喜悦是那样地深入人心，到了贴心贴肺的程度。玉米是母亲的长女，而从实际情况来看，不知不觉已经是母亲的半个姐妹了。事实上，母亲生六丫头玉苗的时候，玉米就给接生婆做下手了，外人终究是有诸多不便的。到了小八子，玉米已经是第三次目睹母亲分娩了。玉米借助于母亲，目睹了女人的全部隐秘。对于一个长女来说，这实在是一份额外的奖励。二丫头玉穗只比玉米小一岁，三丫头玉秀只比玉米小两岁半，然而，说起晓通世事，说起内心的深邃程度，玉穗玉秀比玉米都差了一块。长幼不只是生命的次序，有时候还是生命的深度和宽度。说到底成长是需要机遇的，成长的进度只靠光阴有时候反而难以弥补。

玉米站在天井往阴沟里倒血水，父亲王连方走进来了。今天是一个大喜的日子，王连方以为玉米会和他说话的，至少会看他一眼。玉米还是没有。玉米没穿棉袄，只穿了一件薄薄的白线衫，小了一些，胸脯鼓鼓的，到了小腰那儿又有力地收了回去，腰身全出来了。王连方望着玉米的腰身和青紫的胳膊，意外地发现玉米已经长大了。玉米平时和父亲不说话，一句话都不说。个中的原委王连方猜得出，可能还是王连方和女人的那些事。王连方睡女人是多了一些，但是施桂芳并没有说过什么，和那些女人一样有说有笑的，有几个女人还和过去一样喊施桂芳嫂子呢。玉米不同。她嘴上也不说什么，背地里却有了出手。这还是那些女人在枕头边上告诉王连方的。好几年前了，第一个和王连方说起这件事的是张富广的老婆，还是个新媳妇。富广家的说："往后我们还是轻手轻脚的吧，玉米全知道了。"王连方说："她知道个屁，才多大。"富广家的说："她知道，我知道的。"富广家的没有嚼蛆，前两天她和几个女的坐在槐树底下纳鞋底，玉米过来了。玉米一过来富广家的脸突然红了。富广家的瞥了玉米一眼，目光躲开了。再看玉米的时候玉米还是看着她，一直看着她。就那么盯着。从头到脚，又从脚到头。旁若无人，镇定得很。那一年玉米才十四岁。王连方不相信。但是没过几个月，王大仁的老婆吓了王连方一大跳。那一天王连方刚刚上了王大仁老婆的身，大仁家的用两只胳膊把脸遮住了，身子不要命地往上拱，说："支书，你用劲儿，快弄完。"王连方还没有进入状态，稀里糊涂的，草草败了。大仁家的低着头，极慌张地擦换，什么也不说。王连方叉住她的下巴，再问，大仁家的跪着说："玉米马上来踢毽子了。"王连方眨巴着眼睛,这一回相信了。但是一回到家,玉米一脸无知,王连方反而不知道从哪儿说起了。玉米从那个时候开始不再和父亲说话了。王连方想,不说话也好,总不能多了一个蚊子就不睡觉。然而今天,在王连方喜得贵子的时刻,玉米不动声色地显示了她的存在与意义。这一显示便是一个标志,玉米大了。

王连方的老母垂着两条胳膊,还在抖动她的下嘴唇。她上了岁数,下嘴唇耷拉在那儿,现在光会抖。喜从天降对年老的女人来说是一种折磨,她们的表情往往很僵,很难将心里的内容准确及时地反映到脸上。王连方的老爹则沉稳得多,他选择了一种平心静气的方式,慢慢地吸着烟锅。这位当年的治保主任到底见过一些世面,反而知道在喜上心头的时刻不怒自威。

"回来啦?"老爹说。

"回来了。"王连方说。

"起个名吧。"

王连方在回家的路上打过腹稿,随即说:"是我们家的小八子,就叫王八路吧。"

老爹说:"八路可以,王八不行。"

王连方忙说:"那就叫王红兵。"

老爹没有再说什么。这是老家长的风格。老家长们习惯于用沉默来表示赞许。

接生婆又在产房里高声喊玉米的名字了。玉米丢下水盆,小跑着进了西厢房。王连方看着玉米的背影,她在小跑的过程中已经知道将两边的胳肢窝夹紧了,而辫子在她的后背却格外地生动。这么多年来王连方光顾了四处莳弄，四处播种，再也没有留意过玉米，玉米其实也到了谈婚论嫁的岁数了。玉米的事其实是拖下来的，王连方是支书，到底不是一般的人家，不大有人敢攀这样的高枝。就是媒婆们见到玉米通常也是绕了过去。皇帝的女儿不愁嫁，哪一个精明的媒婆能忘得了这句话。玉米这样的家境，这样的模样，两条胳膊随便一张就是两只凤凰的翅膀。

农民的冬天并不清闲。用了一年的水车、槽桶、农船、丫杈、铁锹、钉耙、连枷、板锨，都要关照了。该修的要修，该补的要补，该淬火的要淬火，该上桐油的要上桐油。这些都是事，没有一件落得下来。最吃力气、最要紧的当然还是兴修水利。毛泽东主席都说了，水利是农业的命脉。主席做过农民，他老人家要是不到北京去，一定还是个好把势。主席说得对，水、肥、土、种、密、保、工、管，“八字方针”水为先。兴修水利大多选择在冬天，如果摊上一个大工程，农民们恐怕比农忙的时候还要劳累一些。冬天里还有一件事是不能忘记的，那就是过年。为了给过去的一年做一道总结，也为了给下一个来年讨一个吉祥，再懒散、再穷苦的人家也要把年过得像个样子。家家户户用力地洗、涮，炒花生、炒蚕豆、炒瓜子、爆米花、掸尘、泥墙、划糕、蒸馒头，直到把日子弄得香气缭绕的，还雾气腾腾的。赶上过年了当然又少不了一大堆的人情债、世故账，都要应酬好。所以，到了冬天，主要是腊月和正月，农活儿是没有了，人反而更忙了。“正月里过年，二月里赌钱，三月里种田”。这句话说得很明白了。农民们真正清闲的日子其实也只是阴历的二月，利用这段清闲的日子走一走亲戚，赌一赌自己的手气。到了阴历的三月，一过了清明，也就是阳历的4月5号，农民们又要向土地讨生活了。别的事再重要、再复杂，但农民的日子终究在泥底下，开了春你得把它翻过来，这样才过得下去。城里的人喜欢伤叹“春日苦短”，那里的意思要文化得多，心情里修饰的成分也多得多。农民们说这句话可是实打实的，说的就是这二三十天。春里这二三十天的好时光实在是太短暂了，连伤叹的工夫都没有。

整个二月玉米几乎没有出门。她在替她的母亲照料小八子。没有谁逼迫玉米，带小八子完全出于玉米的自愿。玉米是一个十分讷言的姑娘，心却细得很，主要体现顾家这一点上，最主要的一点又表现在好强上。玉米任劳，却不任怨，她绝对不能答应谁家比自家过得强。可是家里没有香火，到底是他们家的话把子。玉米是一个姑娘家，不好在这件事情上多说什么，但在心里头还是替母亲担忧着，牵挂着。现在好了，他们家也有小八子了，当然就不会留下什么缺陷和把柄了。玉米主动把小八子揽了过来，替母亲把劳累全包了，不声不响的，一举一动都显得专心致志。玉米在带孩子方面有些天赋，一上来就无师自通，没过几天已经把小八子抱得很像那么一回事了。她把小八子的秃脑袋放在自己的胳膊弯里，一边抖动，一边哼唧。开始还有些害羞，一些动作一下子做不出来，但害羞是多种多样的，有时候令人懊恼，有时候却又不了，反而叫人特别地自豪。玉米抱着小八子，专门往妇女们中间钻，而说话的对象大多是一些年轻的母亲。玉米和她们探讨，交流一些心得，诸如孩子打奶嗝之后的注意事项，婴儿大便的颜色，什么样的神态代表了什么样的需求，就这些，很琐碎，很细枝末节，却又十分地重大，相当地愉悦人心。抱得久了，玉米抱孩子的姿势和说话的语气再也不像一个大姐了。她抱得那样妥帖，又稳又让人放心，还那么忘我，表现出一种切肤的、扯拽着心窝子的情态。一句话，玉米通身洋溢的都是一个小母亲的气质。而"我们"小八子似乎也把大姐搞错了，只要喝足了，并不贪恋施桂芳。他漆黑的眼珠子总是对着玉米，毫无意义，却又全神贯注，盯着她。玉米和"我们"小八子对视着，时间久了，平白无故地陷入了恍惚，憧憬起自己的终身大事。玉米习惯于利用这样的间隙走走神，熄灯瞎火地谋划一下自己的将来。这是身不由己的。玉米至今没有婆家，村子里倒是有几个不错的小伙子，玉米当然不可能看上他们。但是他们和别的姑娘有说有笑，玉米一掺和进来，他们便局促了，眼珠子像受了惊吓的鱼，在眼眶子里头四处逃窜。这样的情形让玉米多少有些寥落。老人说，门槛高有门槛高的好，门槛高也有门槛高的坏，玉米相信的。村子里和玉米差不多大的姑娘已经"说出去"好几个了，她们时常背着人，拿着鞋样子为未来的男人剪鞋底。玉米看在眼里，并不笑话她们，习惯性地偷看几眼鞋底，依照鞋底的长宽估算一下小伙子的高矮程度。这样的心思在玉米的这一头实在有点情不自禁。好在她们在玉米的面前并不骄傲，反而当了玉米的面自卑了。她们说："我们也就这样了，还不知道玉米会找怎样好的人家呢。"玉米听了这样的话当然高兴，私下里相信自己的前程更要好些。但终究没有落到实处，那份高兴就难免虚空，有点像水底下的竹篮子，一旦提出水面都是洞洞眼眼的了。这样的时候玉米的心中不免多了几缕伤怀，绕过来绕过去的。好在玉米并不着急，也就是想想。瞎心思总归是有酸有甜的。

不过母亲越来越懒了。施桂芳生孩子一定是生伤了，心气全趴下了。她把小八子交给玉米也就算了，再怎么说也不该把一个家都交给玉米。女人活着为了什么？还不就是持家。一个女人如果连持家的权力都不要了，绝对是一只臭鸡蛋，彻底地散了黄了。玉米倒没有抱怨母亲，相反，很愿意。做姑娘的时候早早学会了带孩子、持家，将来有了对象，过了门，圆了房，清早一起床就是一个利索的新媳妇、好媳妇，再也不要低了头，从眼眶的角落偷偷地打量婆婆的脸色了。玉米愿意这样还有另外一层意思，玉穗、玉秀、玉英、玉叶、玉苗、玉秧，平时虽说喊她姐姐，究竟不服她。老二玉穗有些憨，不说她。关键是老三玉秀。玉秀仗着自己聪明，又会笼络人心，不管是在家里还是在村子上，势力已经有一些了。还有一点相当要紧，玉秀有两只双眼皮的大眼睛，皮肤也好，人漂亮，还狐狸精，屁大的委屈都要歪在父亲的胸前发嗲，玉米是做不出来的。所以父亲偏着她。但是现在不同，玉米带着小八子，还持起了家，不管管她们绝对不行了。母亲不撒手则罢，母亲既然已经撒了手了，玉米是老大，年纪最大，放到哪里说都是这样。

玉米的第一次掌权是在中午的饭桌上。玉米并没有持家的权力，但是，权力就这样，你只要把它握在手上，捏出汗来，权力会长出五根手指，一用劲就是一只拳头。父亲到公社开会了，玉米选择这样的时机应当说很有眼光了。玉米在上午把母亲的葵花子炒好了，吃饭之前也提好了洗碗水。玉米不声不响的，心里头却有了十分周密的谋划。家里的人多，过去每一次吃饭母亲都要不停地催促，要不然太拖拉，难收拾，也难免鸡飞狗跳。玉米决定效仿母亲，一切从饭桌上开始。中饭到了临了，玉米侧过脸去对母亲说："妈，你快点，葵花子我给你炒好了，放在碗柜里。"玉米交代完了，用筷子敲着手上的碗边，大声说："你们都快点，我要洗碗的，各人都快一点。"母亲过去也是这样一边敲打碗边一边大声说话的。玉米的话产生了效应，饭桌上扒饭的动静果真紧密了。玉秀没有呼应。咀嚼的样子反而慢了，骄傲得很，漂亮得很。玉米把七丫头玉秧抱过来，接过玉秧的碗筷，喂她。喂了两口，玉米说："玉秀，你是不是想洗碗？"玉米说这话的时候并没有抬头，话说得也相当平静，但是，有了威胁的力量。玉秀停止了咀嚼，四下看了看，突然搁下饭碗，说："等爸爸回来！"玉米并没有慌张。她把玉秧的饭喂好了，开始收拾。玉米端起玉秀的饭碗，把玉秀剩下的饭菜倒进了狗食盆。玉秀退到西厢房的房门口，无声地望着玉米。玉秀依旧很骄傲，不过，几个妹妹都看得出，玉秀姐脸上的骄傲不对称了，绝对不如刚才好看。

玉秀在晚饭的饭桌上并没有和玉米抗争，只是不和玉米说话。好在玉米从她喝粥的速度上已经估摸出玉秀的基本态度了。玉秀自然是不甘心，开始了节外生枝。她用筷子惹事，很快和四丫头玉英的筷子打了起来。玉米没有过问，心里却有了底了，一个人如果开始了节外生枝，大方向首先就不对头，说明她已经不行了，泄气了，喊喊冤罢了。玉英的年岁虽然小，并不示弱，一把把玉秀的筷子打在了地上。玉米放下手里的碗筷，替玉秀捡起筷子，放在自己的碗里，用粥搅和干净，递到玉秀的手上，小声告诫的却是玉英："玉英，不许和三姐闹。"玉米当着所有妹妹的面把玉秀叫作"三姐"，口气相当地珍重，很上规矩。玉秀得到了安抚，脸上又漂亮了。这一来委屈的自然是玉英。玉米知道玉英委屈，但是怪不得别人，在两强相争寻找平衡的阶段，委屈必然要落到另一些人的头上。

玉秀第一个吃完了。玉米用余光全看在眼里。狐狸精的气焰这一回彻底下去了。不要看狐狸精猖獗，狐狸精有狐狸精的软肋。狐狸精一是懒，二是喜欢欺负比她弱的人，这两点你都顺了她，她反而格外地听话了。所有的狐狸精全一个样。玉米要的其实只是听话。听了一次，就有两次，有了两次，就有三次。三次以后，她也就习惯了，自然了。所以第一次听话是最最要紧的。权力就是在别人听话的时候产生的，又通过要求别人听话而显示出来。放倒了玉秀，玉米意识到自己开始持家了，洗碗的时候就有一点喜上心头，当然，决不会喜上眉梢的。心里的事发展到了脸上，那就不好了。

阴历的二月，也就是阳历的 3 月，玉米瘦去了一圈。她抱着王红兵四处转悠了。王红兵也就是小八子，但是，当着外人，玉米从来不说“小八子”，只说“王红兵”。村子里的男孩一般都不用大号，大号是学名，只有到了课堂上才会被老师们使用。玉米把没有牙齿的小弟弟说得有名有姓的，这一来特别地慎重、正规，和别人家的孩子区分开来了，有了不可相提并论的意思。玉米抱着王红兵的时候，说话的腔调和脸上的神色已经是一个老到的母亲了。其实也不是什么无师自通，都是她在巷口、地头、打谷场上从小嫂子们身上学来的。玉米是一个有心的人，不论什么事都是心里头先会了，然后才落实到手上。但是，玉米毕竟还是姑娘家，她的身上并没有小嫂子们的拉挂、邋遢，抱孩子抱得格外地好看。所以玉米的腔调和神色就不再是模仿而来的，有了玉米的特点，成了玉米的发明与创造。玉米带孩子的模样给了妇女们极为深刻的印象。她们看到的反而不是玉米抱孩子抱得如何好看，说来说去，还是玉米这丫头懂事早，人好。不过村子里的女人们马上看出了新苗头，玉米抱着王红兵四处转悠，不全是为了带孩子，还有另外一层更要紧的意思。玉米和人说着话，毫不经意地把王红兵抱到有些人的家门口，那些人家的女人肯定是和王连方上过床的。玉米站在她们家的门口，站住了，不走。一站就是好半天。其实是在替她的母亲争回脸上的光。富广家的显然还没有明白玉米的深刻用意，冒失了，她居然伸出胳膊想把王红兵从玉米的怀里接过去，嘴里还自称"姨娘"，说："姨娘抱抱嘛，肯不肯嘛？"玉米一样和别人说话，不看她，像是没有这个人，手里头抱得更紧了。富广家的拽了两下，有数了，玉米这丫头不会松手的。但是当着这么多的人，又是在自家的门口，富广家的脸上非常下不来。富广家的只好拿起王红兵的一只手，放到嘴边上，做出很香的样子，很好吃的样子。玉米把王红兵的手抢回来，把他的小指头含在嘴里，一根一根地吮干净，转脸吐在富广家的家门口，回过头去呵斥王红兵："脏不脏！"王红兵笑得一嘴的牙床。富广家的脸却吓白了，又不能说什么。周围的人一肚子的数，当然也不好说什么了。玉米一家一家地站，其实是一家一家地揭发，一家一家地通告了。谁也别想漏网。那些和王连方睡过的女人一看见玉米的背影禁不住地心惊肉跳，这样的此地无声比用了高音喇叭还要惊心动魄。玉米不说一句话，却一点一点揭开了她们的脸面，活活地丢她的人，现她的眼。这在清白的女人这一边特别地大快人心，还特别地大长志气。她们看在眼里，格外地嫉妒施桂芳，这丫头是让施桂芳生着了！她们回到家里，更加严厉地训斥自己的孩子。她们告诫那些“不中用的东西”：“你看看人家玉米！”“你看看人家玉米”，这里头既有“不怕不识货、就怕货比货”的意思，更有一种树立人生典范的严肃性、迫切性。村子里的女人比以往的任何时候都更喜欢玉米了，她们在收工或上码头的路上时常围在玉米的身边，和玉米一起逗弄王红兵，逗弄完了，总要这样说：“不知道哪个婆婆有福气，能讨上玉米这样的丫头做儿媳。”妇女们羡慕着一个虚无的女人，拐了一个弯子，最终还是把马屁结结实实地拍在玉米的身上。这样的话玉米当然不好随便接过来，并不说什么，而是偷偷看一眼天上，鼻尖都发亮了。

人家玉米已经快有婆家啦！你们还蒙在鼓里呢！玉米的婆家在哪里呢？远在天边，近在眼前，就在七里远外的彭家庄。“那个人”呢，反过来了，近在眼前，却又远在天边。这样的事玉米决不会随随便便让外人知道的。

春节过后王连方多了一件事，一出去开会便到处托人——玉米是得有个婆家了。丫头越来越大了，留在村子里太不方便。急归急，王连方告诉自己，一般的人家还是不行。女孩子要是下嫁了，委屈了孩子还在其次，丢人现眼的还是父母。依照王连方的意思，还是要按门当户对的准则找一个做官的人家，手里有权，这样的人家体大力不亏。王连方在四周的邻乡倒是打听到几个了。王连方让桂芳给玉米传了话，玉米那头没有一点动静。王连方猜得出，玉米这丫头心气旺得很，有他这样的老子，她对做官人家的男人肯定不放心。后来还是彭家庄的彭支书说话了，他们村子里的箍桶匠家有个小三子。王连方一听到“箍桶匠”“小三子”再也没有接话，不会是什么人高马大的人家。彭支书解释说：“就是前年验上飞行员的那个。全县才四个。”王连方咬紧了下嘴唇，“嘶”了一声。这一来不同寻常了。要是有一个飞行员做女婿，他王连方也等于上过一回天了，他王连方随便撒一泡尿其实就是一天的雨了。王连方马上把玉米的相片送到彭支书的手上，彭支书接过照片，说：“是个美人嘛。”王连方说：“要说最标致，还要数老三。”彭支书默无声息地笑了，说：“老三还太小。”

箍桶匠家的小三子把信回到彭支书那边去了。这封信连同他的相片经过王连方、施桂芳的手，最后压在了玉米的枕头底下。小伙子叫彭国梁，在名字上面就已经胜了一筹，因为他是飞行员，所以他用“国家的栋梁”做名字，并不显得假大空，反而有了名副其实的一面，顶着天，又立着地，听上去很不一般。从照片上看，彭国梁的长相不好。瘦，有些老相，滑边眼，眯眯的，眼皮还厚，看不出他的眼睛有什么本领，居然在天上还认得回家的路。嘴唇是紧抿的，因为过于努力，反而把门牙前倾这个毛病突现出来了，尽管是正面像，还是能看出拱嘴。然而，彭国梁穿着飞行服，相片又是在机场上拍摄的，画面上便有了常人难以想象的英武。彭国梁的身旁有一架银鹰，也就是飞机，衬托在那儿，相当容易激活人的想象力。玉米的心思跨过了彭国梁长相上的不足，心气已经去了大半，自卑了，无端端地自惭形秽。说到底人家是一个上天入地的人哪。

玉米恨不得一口就把这门亲事定下来。彭国梁在信封上写了一个详细到最小单位的地址，意思已经很明确了。玉米知道，她的终身大事现在完全取决于自己的回信了。这件事相当大。不能有半点马虎。玉米原计划到镇上再拍几张相片的，想了一想，彭国梁肯给彭支书回信，说明他对自己的长相已经满意了，没有必要节外生枝。现在的问题就是信本身了。彭国梁的信写得相当含混，口气虽然大，好像自己也不太有底。他只是强调自己“对家乡很有感情”，然后强调他在飞机上“恨不得飞到家乡，看看家乡的人民”，最露骨的一句话也只是表扬了“彭叔叔”，说“彭叔叔看上的人”，他“绝对信得过”，但是，到底没有把话挑破了，更没有完完全全地落实到玉米的身上。所以是不能一上来就由玉米挑破了的。那样太贱。不好。一点不说更不行，彭国梁要是误解了麻烦反而大了，挽回的余地都没有。彭国梁近在眼前，毕竟远在天边。遥远的距离让玉米自豪，到底也是伤神的地方。

玉米的信写得相当低调。玉米想来想去决定采取低调的办法。她简单地介绍了自己，用笔是那种适当的赞许。然而，笔锋一转，玉米说：“我一点点也比(配)不上(你)。你们在天上，天上的先(仙)女才比(配)得上。我没有先(仙)女好，没有先(仙)女好看。”玉米的话说得一点都不失体面。一个人说自己没有仙女好看，毕竟是应该的。信的最后玉米说：“我现在天天看天上，白天看，晚上看。天上是老样子，白天只有太阳，夜里只有月亮。”信写到这儿已经相当抒情了，关键是玉米的胸中凭空涌起万般眷恋，结结实实的，却又空无一物，很韧，很折磨人。玉米望着自己的字，竟难以掩抑，无声地落泪了，心中充满了委屈。玉米想说的话其实不是这些，她多想让彭国梁知道，自己对这一门亲事是多么满意。要是有一个人能替自己说，把彭国梁全说明白了，让彭国梁知道她的心思，那就太好了。玉米封好信，寄了出去。玉米在寄信的时候多了一分心思，她留的是王家庄小学的地址，“高素琴老师转”。信是寄出去了，玉米却活生生地瘦去了一圈。

有了儿子，王连方的内心松动多了。施桂芳他是不会再碰她的了，攒下来的力气都给了有庆家的。要是细说起来，王连方在外面弄女人的历史复杂而又漫长。第一次是在施桂芳怀上玉米的时候。老婆怀孕对男人来说的确是一件伤脑筋的事。施桂芳刚刚嫁过来的那几十天，两个人都相当地贪，满脑子都是熄灯上床。可是问题立即来了。第二个月桂芳居然不来红了。怎么说好景不长久的呢。桂芳自豪得很。她平躺在床上，两只手护着肚子，拿自己特别地当人，说：“我这是坐上喜，就是的，我知道的，我肯定是坐上喜，就是的。”自豪归自豪，施桂芳并没有忘记给王连方颁布戒严令。施桂芳说：“从今天起，我们不了。”王连方在黑暗中板起了面孔。他还以为结了婚了就能够甩开膀子七仰八叉的，原来不是，结婚只是老婆怀孕。施桂芳把王连方的手拉过来，放到自己的肚子上去。王连方无声地叹了一口气，指头却活动得很，在施桂芳的肚子上蠕动。蠕动了几下，手指头全挺起来了，忍不住往下面去。施桂芳抓住王连方的手，用力掐，是那种建功立业之后特有的放肆。王连方很急，却又找不到出路。这种急还不容易忍，你越忍它反而越是急，跳墙的心思都有。王连方忍了十来天。他再也没有料到自己会有胆量做那样的事，他在大队部居然把女会计摁在了地上，扒开来，睡了。王连方睡她的时候肯定急红了眼了，浑身都绷着力气，脑子里却一片空。相关的细节还是事后回忆起来的。王连方拿起了《红旗》杂志，开始回忆，后怕了。那是中午，他怎么突然起了这份心的？一点过渡都没有。女会计大他十多岁，长他一个辈分，该喊她婶子呢。女会计从地上爬起来，用搌布擦了擦自己，提上来，系好，捋了捋头发，前前后后掸了掸，把搌布锁进了柜子，出去了。她的不动声色太没深没浅了。王连方怕的是出人命。一出人命他这个全公社最年轻的支书肯定当不成了。那天晚上王连方在村子里转到十一点钟，睁大了眼睛四处看，竖起了耳朵到处听。第二天他一大早就到大队部去了，把所有的屋梁都看了一遍，没有尸体挂在上面。还是不放心。大队部陆续来了一些人，到了九点多钟，女会计进门了，一进门客客气气的，眼皮并不红肿。王连方的心到了这个时候才算放下了，发了一圈香烟，开始了说笑。后来女会计走到了他的身边，递过一本账本，指头下面却压着一张纸条。小纸条说："你出来，我有话说给你。"因为是写在纸上的，王连方听不出话里话外的语气，一点好歹都没有，刚刚放下来的心又一次提上去了，还咕咚咕咚的。王连方看着女会计出门，又隔着窗棂远远地看着女会计回家去了。王连方很不安。熬了十几分钟，很严肃地从抽屉里取出《红旗》，摊开来，拉长了脸用指头敲了几下桌面，示意人们学习，出去了。王连方一个人来到了会计家。王连方作为男人的一生其实正是从走进会计家的那一刻开始的。作为一个男人，他还嫩。女会计辅导着他，指引着他。王连方进入了前所未有的好光景，他算什么结了婚的男人？这里头绪多了。王连方和女会计开始了斗争，这斗争是漫长的，艰苦卓绝的，你死我活的，危机四伏的，最后却又是起死回生的。王连方迅速地成长了起来，女会计后来已经不能辅导了。她的脸色和声音都很惨。王连方听到了身体内部的坍塌声，撕裂声。

在斗争中，王连方最主要的收获是锻炼了胆量。他其实不需要害怕。怕什么呢？没有什么需要害怕的嘛。就算她们不愿意，说到底也不会怎么样。女会计在这个问题上倒是批评过王连方，女会计说："不要一上来就拉女人的裤子，就好像人家真的不肯了。"女会计晃动着王连方裆里的东西，看着它，批评它说，"你呀，你是谁呀？就算不肯，打狗也要看主人呢，不看僧面看佛面呢。"

长期和复杂的斗争不只是让王连方有了收获，还让王连方看到了意义。王连方到底不同于一般的人，是懂得意义和善于挖掘意义的。连自己都冒进，可见所有的新郎官都冒进了，他们不懂得斗争的深入性和持久性，不懂得所有的斗争都必须进行到底。要是没有王连方，那些婆娘们这一辈子都要蒙在鼓里。

关于王连方的斗争历史，这里头还有一个外部因素不能不涉及。十几年来，王连方的老婆施桂芳一直在怀孕，她一怀孕王连方只能"不了"。施桂芳动不动就要站在一棵树的下面，一手扶着树干，一手捂着腹部，把她不知好歹的干呕声传遍了全村。施桂芳十几年都这样，王连方听都听烦了。施桂芳呕得很丑，她干呕的声音是那样的空洞，没有观点，咋咋呼呼，肆无忌惮，每一次都那样，所以有了八股腔。这是王连方极其不喜欢的。她的任务是赶紧生下一个儿子，又生不出来。光喊不干，扯他娘的淡。王连方不喜欢听施桂芳的干呕，她一呕王连方就要批评她："又来作报告了。"

王连方虽然在家里"不了"，但是并没有迷失了斗争的大方向。

在这个问题上施桂芳倒是个明白人，其他的女人有时候反而不明白了。她们要么太拿自己当回事，要么太忸怩。王裕贵的老婆就是一个例子。王连方一共才睡了裕贵家的两回，裕贵家的忸怩了，还眼泪鼻涕的一把。裕贵家的光着屁股，捂着两只早就被人摸过的奶子，说："支书，你都睡过了，你就省省，给我们家裕贵留一点吧。"王连方笑了。她的理论很怪。这是能省下来的么？再说了，你那两只奶子有什么捂头？过门前的奶子是金奶子，过了门的奶子是银奶子，喂过奶的奶子是狗奶子。她还把她的两只狗奶子当作金疙瘩，紧紧地捂在胳膊弯里。很不好。王连方虎下了脸来，说："随你，反正每年都有新娘嫁过来。"这个女人不行。后来连裕贵想睡她她都不肯，气得裕贵老是揍她。深更半夜的，老是在床上被裕贵揍得鬼叫。王连方不会再管她了。她还想留一点给裕贵，看起来她什么也没有留。

十几年过去了，眼下的王家庄最得王连方欢心的还是有庆家的。除了把握村子里阶级方面的问题，王连方其余的心思全扑在有庆家的身上。十几年了，王连方这一回算是遇上真菩萨了。有庆家的上床之后浑身上下找不到一块骨头，软塌塌地就会放电。王连方这一回绝对遇上真菩萨了。1971 年的春天，王连方的好事有点像老母猪下崽，一个跟着一个来。先是儿子落了地，后是玉米有了婆家，现在，又有了有庆家的这么一台发电机。

彭国梁回信了。信寄到了王家庄小学，经过高素琴，千里迢迢转到了玉米的手上。玉米接到回信的时候正在学校那边的码头上洗尿布。玉米以往洗尿布都是在自家的码头，现在不同，女孩子的心里一旦有了事，做任何事情都喜欢舍近求远了。玉米弯着身子，搓着那些尿布片。每一片尿布都软软的，很苍白，看上去忧心忡忡。玉米的手上在忙，心里想的其实还是彭国梁的回信。她一直在推测，彭国梁到底会在信上和她说些什么呢？玉米推测不出来。这是让玉米分外伤怀的地方，说到底命运捏在人家的手上，你永远不知道人家究竟会说什么。

高素琴后来过来了，她来汰衣裳。高素琴把木桶支在自己的胯部，顺着码头的石阶一级一级地往下走。她的步子很慢，有股子天知地知的派头。玉米一见到高老师便是一阵心慌，好像高老师捏着她的什么把柄了。高素琴俯视着玉米，只是笑。玉米看见高素琴的笑脸，预感到将要发生什么事。但是高老师光是笑，并不说什么。这一来还是什么事都没有了，相当地惆怅人。玉米也只能赔着笑。还能怎样呢。要是说起来，高老师是玉米最为佩服的一个人了。高老师能说普通话，她在朗读课文的时候，能把教室弄得像一个很大的收音机，她就待在收音机里头，把普通话一句一句播送到窗户外面。她还能在黑板上进行四则混合运算。玉米曾亲眼看见高老师把很长的题目写在黑板上，中间夹杂了许多加、减、乘、除的标记，还有圆括号和方括号。高老师一个步骤一个步骤的，一连写了七八个等于，结果出来了，是“○”。三姑奶奶说：“高老师怎么教这个东西，忙了半天，屁都没有。”玉米说：“怎么没有呢，不是零嘛。”三姑奶奶说：“你倒说说，零是多少？”玉米说：“零还是有的，就是这样一个结果。”

高老师现在就蹲在玉米的身边，微笑着，脸上的皱纹像一个又一个圆括号和方括号。玉米吃不准高老师的心里在怎样地加、减、乘、除,结果会不会也是“〇”呢?

高老师终于说话了。高老师说:“玉米,你怎么这么沉得住气?”玉米一听这话心都快跳出嗓子了。玉米故意装着没有听懂,咽了一口,说:“沉什么气?”高老师微笑着从水里提起衣裳,直起身子,甩了甩手,把大拇指和食指伸进口袋里,捏住一样东西,慢慢拽出来。是一封信。玉米的脸吓得脱去了颜色。高老师说:“我们家小二子不懂事,都拆开了——我可是一个字都没敢看。”高素琴把信递到玉米的面前,信封的确是拆开了。玉米又是惊,又是羞,又是怒。更不知道说什么了。玉米在大腿上一正一反擦了两遍手,接过来,十个指头像长上了羽毛,不停地扑棱。这样的惊喜实在是难以自禁的。但是,这封宝贵的信到底被人拆开了,玉米在惊喜的同时又涌上了一阵彻骨的遗憾。

玉米走上岸,背过身去,一遍又一遍地读彭国梁的信。彭国梁称玉米“王玉米同志”,这个称呼太过正规、太过高尚了,玉米其实是不敢当的。玉米第一次被人正经八百地称作“同志”,内心涌起了一股难言的自爱,都近乎神圣了。玉米一看到“同志”这两个字已经喘息了,胸脯顶着前襟,不停地往外鼓。彭国梁后来介绍了他的使命,他的使命就是保卫祖国的蓝天,专门和帝、修、反作斗争。玉米读到这儿已经站不稳了,幸福得近乎崩溃。天一直在天上,太远了,其实和玉米没有半点关系。现在不同了,“天”和玉米捆绑起来了,成了她的一个部分,在她的心里,蓝蓝的,还越拉越长,越拉越远。她玉米都已经和蓝蓝的天空合在一起了。最让玉米感到震撼的还是“和帝、修、反作斗争”这句话,轻描淡写的,却又气壮如牛。帝、修、反,这可不是一般的地主富农，它太遥远、太历 太高级了，它既在明处，却又深不见底，可以说神秘莫测，你反而不 究竟在哪里了。你听一听，那可是帝、修、反哪！如果没有飞机，就 顿大鱼大肉你也看不见他们在哪儿。

彭国梁的信几乎全是理想和誓言，决心与仇 到了结尾的部分，彭国梁突然问：你愿意和我一起，手拉手，和帝修 斗争吗？玉米好像遭到了一记闷棍，被这记闷棍打傻了。神圣感没 了，一点一点滋长起来的却是儿女情长。开始还点点滴滴的，一下 经汹涌澎湃了。“手拉手”，这三个字真的是一根棍子，是一根擀 ，玉米每读一遍都要从她松软的身子上碾过一遍。玉米的身子 铺开来，十分被动却又十分心甘情愿地越来越轻、越来越薄。玉米 没有一点力气了，面色苍白，扶在树干上吃力地喘息。彭国梁终 挑破了。这门亲事算是定下来了。玉米流出了热泪。玉米用冰 巴掌把滚烫的泪水往两只耳朵的方向抹。但是抹不干。玉米泪如 涌。抹干一片立即又潮湿了一片。后来玉米索性不抹了，她知道抹不完的。玉米干脆蹲下身去，把脸埋在肘弯里头，全心全意地往伤心里头哭。

高素琴早就汰好衣裳了。她依旧把木桶架在胯部，站在玉米的身后。高素琴说：“玉米，差不多了，你看看你。”高素琴说完这句话，向河边努了努嘴，说：“玉米，你看看，你的木桶都漂到哪里去了。”玉米站起来，木桶已经顺水漂出去十几丈远了。玉米看见了，但是视而不见，只是僵在那儿。高素琴说：“快下去追呀，晚了坐飞机都追不上了。”玉米缓过神来了，跑到水边，顺着风和波浪的方向追逐而去。

当天晚上玉米的亲事在村子里传开了。人们在私下里说的全是这件事。玉米“找了”一个飞行员，专门和帝修反作斗争的。玉米这样的姑娘能找到一个好婆家，村子里的人是有思想准备的，但是，“那个人”是飞行员，还是大大超出了人们的预料。这天晚上，每一个姑娘和每一个小伙的脑子里都有了一架飞机，只有巴掌那么大，在遥远的高空，闪闪发亮，屁股后面还拖了一条长长的气尾巴。这件事太惊人了。只有飞机才能在蓝天上飞翔，你换一只老母猪试试？要不换一头老公牛试试？一只老母猪或一头老公牛无论如何也不能冲上云霄，变得只有巴掌那么大的。想都没法想。那架飞机不仅改变了玉米，肯定也改变了王连方。王连方过去很有势力，说到底只管着地上。现在，天上的事也归王连方管了。王连方公社里有人，县里头有人，如今天上也有人了。人家是够得上的。

玉米的“那个人”在千里之外，这一来玉米的“恋爱”里头就有了千山万水，不同寻常了。这是玉米的恋爱特别感人至深的地方。他们开始通信。信件的来往和面对面的接触到底不同，既是深入细致的，同时又还是授受不亲的。一来一去使他们的关系笼罩了雅致和文化的色彩。不管怎么说，他们的恋爱是白纸黑字，一竖一横，一撇一捺的，这就更令人神往了。在大多数人的眼里，玉米的恋爱才更像恋爱，具有了示范性，却又无从模拟。一句话，玉米的恋爱实在是不可企及。

人们错了。没有人知道玉米现在的心境。玉米真是苦极了。信件现在是玉米的必需，同时也成了玉米没日没夜的焦虑。它是玉米的病。玉米倒是读完初小的，如果村子里有高小、初中，玉米当然也会一直读下去。村子里没有。玉米将将就就只读了小学三年级，正经八百地识字只有两年。过了这么多年，玉米一般地看看还行，写起来特别地难了。谁知道恋爱不是光“谈”，还是要“写”的呢。彭国梁信一封一封地来，玉米当然要一封一封地回，这就难上加难了。玉米是一个多么内向的姑娘，内向的姑娘实际上多长了一双眼睛，专门是向内看的。向内看的眼睛能把自己的内心探照得一清二楚，所有的角落都无微不至。现在的问题是，玉米不能用写字的方式把自己表达在纸上。玉米不能。那么多的字不会写，玉米的每一句话甚至每一个词都是词不达意的。又不好随便问人，这太急人了。玉米只有哭泣。要是彭国梁能在玉米的身边就好了，即使什么也不说，玉米会和他对视，用眼睛告诉他，用手指尖告诉他，甚至，用背影告诉他。玉米现在不能，只能把想象当中见面的场面压回到内心。玉米压抑住自己。她的一腔柔情像满天的月光，铺满了院子，清清楚楚，玉米一伸手地上就会有手的影子。但是，玉米逮不住它们，抓一把，张开来还是五个指头。玉米不能把满天的月光装到信封里去。玉米悄悄偷来了玉叶的《新华字典》，可是这又有什么用？字典就在手头，玉米却不会用它。那些不会写的字全是水里的鱼，你知道它们就在水的下面，可哪一条也不属于你。这是怎样的费心与伤神。玉米敲着自己的头，字呢！字呢？——我怎么就不会多写几个字的呢？写到无能为力的地方，玉米望着纸，望着笔，绝望了，一肚子的话慢慢变成了一脸的泪。她把双手合在胸前，说：“老天爷，可怜可怜我，你可怜可怜我吧！”

玉米抱起了王红兵，出去转几圈。家里是不能待的。一待在家里她总是忍不住在心里“写信”，玉米恍惚得很，无力得很。“恋爱”到底是个什么东西？玉米想不出头绪。剩下来的只能是在心里头和他说话了，可是，说得再好，又不能写到信上去，反而堵着自己，叫人分外难过。玉米越发不知道怎样好了。玉米就觉得愁得慌，急得慌，堵得慌，累得慌。好在玉米有不同一般的定力，并没有在外人面前流露过什么，人却是一天比一天瘦了。

玉米抱着王红兵来到了张如俊的家门口。如俊家的去年刚生了孩子，又是男孩，所以和玉米相当地谈得来。如俊家的长得很不好，眼睛上头又有毛病，做支书的父亲是不会看上她的。这一点玉米有把握。一个女人和父亲有没有事，什么时候有的事，逃不出玉米的眼睛。如果哪个女人一见到玉米突然客气起来了，反而提醒了玉米，玉米会格外地警惕。那样的客气玉米见多了，既心虚，又巴结，既热情周到，又魂不附体。一边客气还要一边捋头发，做出很热的样子。关键还是眼珠子，会一下子活络起来，什么都想看，什么都不敢看，带着母老鼠的鼠相。玉米想，那你就客气吧，不打自招的下三滥！再客气你还是一个骚货加贱货。对那些骚货加贱货玉米决不会给半点好脸的。说起来真是可笑，玉米越是不给她们好脸她们越是客气，你越客气玉米越是不肯给你好脸。你不配。个臭婊子。长得好看的女人没有一个好东西，王连方要不是在她们身上伤了元气，妈妈不可能生那么多的丫头。玉秀长得那么漂亮，虽说是嫡亲的姊妹，将来的裤带子也系不紧。人家如俊家的不一样，虽说长得差了点，可是周正，一举一动都是女人样，做什么事都得体大方，眼珠子从来不躲躲藏藏的，人又不笨，玉米才和她谈得来。玉米对如俊家的特别好还有另外的一层，如俊不姓王，姓张。王家村只有两个姓，一个王姓，一个张姓。玉米听爷爷说起过一次，王家和张家一直仇恨，打过好几回，都死过人。王连方有一次在家里和几个村干部喝酒，说起姓张的，王连方把桌子都拍了。王连方说："不是两个姓的问题，是两个阶级的问题。"当时玉米就在厨房里烧火，听得清清楚楚。姓王的和姓张的眼下并没有什么大的动静，风平浪静的，看不出什么，但是，毕竟死过人，可见不是一般的鸡毛蒜皮。死去的人总归是仇恨，进了土，会再一次长出仇恨来。表面上再风平浪静，再和风细雨，再一个劲儿地对着姓王的喊"支书"，姓张的肯定有一股凶猛的劲道掩藏在深处。现在看不见，不等于没有。什么要紧的事要是都能看见，人就不是人了，那是猪狗。所以玉米平时对姓王的只是一般地招呼，而到了姓张的面前，玉米反而用"嫂子"和"大妈"称呼她们了。不是一家子，才要像一家子对待。

玉米抱着王红兵，站在张如俊的院子门口和如俊嫂子说话。如俊家的也抱着孩子，看见玉米过来了，把自己的孩子送进里屋，拿出了板凳，却把王红兵抱过去了。玉米不让，如俊家的说："换换手，隔锅饭香呢。"玉米坐下了，向远处的巷头睃了几眼。如俊家的看在眼里，知道玉米这些日子肯到她这边来，其实是看中了她家的地段，好等邮递员送信呢。如俊家的并不点破，一个劲儿地夸耀王红兵，千错万错，夸孩子总是不错。扯了一会儿咸淡，如俊家的发现玉米直起了上身，目光从自己的头顶送了出去。如俊家的知道有人过来了，低了头仔细地听，没听到自行车链条的滚动声，知道不是邮递员，放心了。身后突然响起了一阵哄笑，如俊家的回过头，原来是几个年轻人过来了，他们把脑袋攒在一处，一边看着什么东西一边朝自己的这边来，样子很振奋，像看见了六碗八碟。慢慢来到了张如俊的家门口，小五子建国抬起了头，突然看见了玉米。小五子招了招手，说："玉米，你过来，彭国梁来信了。"玉米有些将信将疑，走到他们的面前。小五子一手拿着信封，一手拿着信纸，高高兴兴地递到了玉米的面前。玉米看了一眼，上头全是彭国梁的笔迹，是自己的信。是彭国梁的来信。玉米的血冲上了头顶，羞得不知道怎样才好，好像自己被扒光了，被游了好几趟的街。玉米突然大声说："不要了！"小五子看了一眼玉米的脸色，连忙把信叠好了，装进了信封，再用舌头舔了舔，封好了递过去。玉米一把又把小五子手上的信打在了地上，小五子捡起来，解释说："是你的，不骗你，是彭国梁写给你的。"玉米抢过来，再一次扔在地上。玉米说："你们一家都死光！"巷子里僵持住了。玉米平时不这样，人们从来没有发现玉米动过这么大的脾气。事态已经很严重了。麻子大叔一定听到巷子里的动静，挺了一个指头，走到小五子的面前，捡起信，对着小五子拉下了脸。麻子大叔厉声说："唾沫怎么行？你看看，又炸口了！"麻子大叔用指头上的饭粒把信重新封好，递到玉米的面前，说："玉米，这下好了。"玉米说："他们看过了！"麻子大叔笑了，说："你兴旺大哥也在部队上，他来信了我还请人念呢。"玉米说不出话了，只是抖。麻子大叔说："再好的衣裳，上了身还是给人看。"麻子大叔说得在理，笑眯眯的，他一笑滚圆的麻子全成了椭圆的麻子。可是玉米的心碎了。高素琴老师拆过玉米的两封信，玉米关照过彭国梁，往后别再让高素琴转了。这有什么用？难怪最近一些人和自己说话总是怪声怪气的，一些话和信里的内容说得似是而非，玉米还以为自己多心了，看来不是。彭国梁的信总是全村先看了一遍，然后才轮到她玉米。别人的眼睛都长到玉米的肚脐眼上了，衣裳还有什么用？玉米小心掖着的秘密哪里还有一点秘密！麻子大叔宽慰了玉米几句，回去了。玉米的脸上已经了无血色，而两道泪光却格外地亮，在阳光下面像两道长长的刀疤。如俊家的都看在眼里，一下子不知所措，害怕了。连忙侧过身去，莫名其妙地解上衣的纽扣，刚露出自己的奶子，一把把王红兵的小嘴摁了上去。

有庆家的是从李明庄嫁过来的。李明庄原来叫柳河庄，1948 年出了一个烈士，叫李明，后来国家便把柳河庄改成了李明庄。有庆家的姓柳，叫粉香，做姑娘的时候相当有名气的。主要是嗓子好，能唱，再高的音都爬得上去。嗓子好了，笑起来当然就具有号召力，还有感染力。而她的长相则有另外一些特点，虽说皮肤黑了一些，不算太洋气，但是下巴那一把有一道浅浅的沟，嘴角的右下方还有一颗圆圆的黑痣，这一来她笑起来便有了几分的媚。最关键的是，她的目光不像乡下人那样讷，那样拙，活动得很，左盼右顾的时候带了一股眼风，有些招惹的意思。人们私下说，这是她在宣传队的戏台上落下的毛病。柳粉香微笑的时候先把眼睛闭上，然后，睫毛挑了那么一下，睁开了，侧过脸去接着笑。关于柳粉香的笑，李明庄的人们有个总结，叫做听起来浪，看上去骚，天生就是一个下作的坯子。柳粉香的名气大，不好的名声当然也跟着大。人们私下说："这丫头不能惹。"话说得并不确切，反而让人浮想联翩，听上去黏糊得很，有了"母狗不下腰，公狗不上腚"的意思，也许还有摊上谁就是谁的味道。有些话就这样，不说则罢，只要说了，越看反而越像，一刀子能捅死人。不管怎么说，柳粉香是带着身子嫁到王家庄来的，这一点毋庸置疑。眼力老到的女人曾深刻地指出："至少四个月！"屁股在那儿呢。柳粉香肚子里的孩子到底是谁的，不容易弄得清。尖锐的说法是，柳粉香自己也弄不清。那阵子柳粉香在各个公社四处汇演，身子都让男人压扁了。身子扁了下去，肚子却鼓了起来。女人就这样，她们的肚子和她们的嘴巴一样，藏不住事。柳粉香被她的肚子弄得声名狼藉，赔大了。但是王家庄的王有庆却赚了，可以用喜从天降和喜出望外来双倍地形容。柳粉香办婚事的速度比她肚子的成长速度还要快，称得上雷厉风行，真是说时迟，那时快。才听说王有庆刚刚订了婚了，一转眼，柳河庄的柳粉香已经在王家庄变成有庆家的了。柳粉香连一套陪嫁的衣裳都没有捞到，就算王有庆置得起，以她现在的腰身，还浪费布证做什么。

有庆家的并没有把孩子生下来。她结结实实地摔了一跤，当晚见红，当夜小产了。据说，只能是据说了，谁也没有亲眼看见，是她的婆婆"一不小心撞了她的屁股"，把她从桥上推了下去。那还是有庆家的过门不久的日子，有庆家的和她的婆婆一起过桥，两个人在桥上说说笑笑的，像一对嫡亲的母女。快到岸边的时候，婆婆一个趔趄，冲到她的屁股上了。婆婆站稳了，有庆家的却栽了下去，一屁股坐在了河岸上。有庆家的一躺就是一个月，婆婆屋里屋外地伺候，有庆家的还吃了半斤红糖，一只鸡。婆婆对人说，"我们家的"粉香把"小腰闪了"。婆婆真是精明得过了分了，精明的人都有一个毛病，喜欢此地无银。谁还不知道有庆家的躺在床上做小月子呢。不过有庆家的说起来也怪，带着身孕过门的，过了门之后却又怀不上了。转眼都快两年了,有庆家的越来越苗条。最先沉不住气的还是婆婆。婆婆相当地怨。她在有庆的面前嘟囔说:“我算是看出来了,这丫头当着不着的,是个外勤内懒的货。”有庆听了这话不好交代,委屈得很,但是有庆太老实,只能在床上加倍地刻苦,加倍地努力。然而,忙不出东西。可是有庆他不该在老婆的面前搬弄母亲的话。有庆家的一听到“外勤内懒”这四个字脸都气白了,她认准了是婆婆在嚼舌头。有庆老实巴交的样子,放不出这样阴损毒辣的屁。有庆家的发了脾气,大骂有庆,一字一句却是指桑骂槐而去。有庆家的一不做,二不休,勒令王有庆和寡母分了家。“有她没我,有我没她。”有庆家的把婆婆扫地出门之前留下了一句狠话:“×老了,别想夹得死人!”其实婆婆说那句话是事出有因的,有庆家的总是生不出孩子,外面的话开始难听了,好多话都是冲着有庆去的。做母亲的怎么说也要偏着儿子,所以才对儿媳有怨气。外面是这样看待有庆的:“有庆也不像是有种的样子。”

有庆家的心里头其实有一本明细账。她是生不出孩子来了。只不过有庆太死心眼,在床上又是那样地吃苦,不忍心告诉他罢了。她小产的那一次伤得太重,医生已经说得很明白了。有庆家的自己当然也不肯甘心,又连着吃了三四个月的中药,还是没有用。说起中药,有庆家的最怕了。倒不是怕中药的味道,而是别的。按照吃中药的规矩,药渣子要倒到大路的中央去,作践它,让千人踩,万人跨,这样药性才能起作用。有庆家的不想让人知道她在吃药,不想让人知道她有这样的把柄,很小心地瞒着。好在有庆家的在宣传队上宣传过唯物主义,并不迷信,她把药渣子倒进了河里。但是瞒不住,中药的气味太大，比煨了一只老母鸡味道还传得远。只要家里头一熬药，过不了多久，天井的门口肯定会伸头伸脑的，门缝里挤进来的目光绝对比砒霜还要毒。这一来有庆家的不像是吃药了，而像在家做贼，吃药的感觉上便多了一倍的苦。有庆家的后来放弃了，哑巴苦当然是不吃的好。

有庆家的和王连方的事并不像外面传说的那样。事实上，他们没有事。王连方真正爬上有庆家的身，还是在1970年的冬天。时间并不长。要是细说起来，有庆家的做完小月子不久就和王连方在路口上认识了。王连方和蔼得很，目光甚至有点慈祥。但是有庆家的只看了他一眼，立即看出王连方的心思来了。有了一官半职的男人喜欢这样，用亲切微笑来表示他想上床。有庆家的对付这样的男人最有心得。她冲王连方很不好意思地笑了笑，知道被他睡是迟早的事，什么也挡不住的。有庆家的心里并不乱，反而提早有了打算。无论如何，这一次她一定要先怀上有庆的孩子，先替有庆把孩子生下来的。这一条是基本原则。还有一点不能忘记，既然是迟早的事，迟一步要比早一步好。男人都是贼，进门越容易，走得越是快。有庆家的在这个问题上有教训，历史的经验不能忘。

但是王连方急。有庆家的认识王连方的时间不算长，已经感受到这一点了。他在寻找和创造与她单独见面的机会。不管怎么说，当着外人的面王连方还是不好太冒失。猫都知道等天黑，狗还知道找角落里呢。王连方要是逛到她家的天井里来了，有庆家的热情得很，嗓门扯得像报幕，还到隔壁去讨开水，高声说："王支书来了，看我们呢。"王连方很窝火。但是你不能对人家的热情生气，只能亲切，再加上微笑。有庆家的大大方方的,把一切全做在明处,这和胆小慎微和时刻小心的女人大不相同了,你反而不好下手。你不能像公鸡那样爬上去就摁母鸡的脑袋。王连方有一次都跟她把话说破了,说:“有庆这个呆子,我哪一天才享到有庆那样的呆福。”有庆家的心口咯噔了一下,都有点心动了。但是有庆家的装出一脸的没心没肺,嗓子还是那么大,反而把王连方弄得提心吊胆了。不过有庆家的却拿捏着分寸,决不会让王连方对她绝望。王连方要是对你绝望了,到头来你一定比他更绝望。有庆家的知道自己,懒。懒的人必须有靠山,没靠山只能是等死了。那一回生产队长已经摊派有庆家的沤肥去了。沤肥是一个又脏又累的活儿,工分又低。生产队长这样摊派有庆家的,显然是给她颜色了。有庆家的扛着钉耙,夹在男人堆里一路说说笑笑地向田里去。迎面却走来了王连方,一起招呼过了,走出去十来步,有庆家的却回过身,来到王连方的面前。她把王连方衣领上的头皮屑掸干净,随后扯出一根线头。有庆家的没有用手,而是把脸俯上去,用牙齿咬住了,咬断,在舌尖上打成结,很波俏地吐了出去。有庆家的小声说:“死样子,一点不像支书,替我沤肥去!”有庆家的没头没脑地丢下这句话,王连方被弄得魂不守舍,幸福得两眼茫茫。有庆家的当然没有和那些男人一起沤肥,她只是在地头站了一会儿,把绿格子方巾从头顶上摘下来,窝在手里头,说“不行”,说她得“先回去”。有庆家的当着队长的面扛上钉耙打道回府了。屁股一扭一扭的,像拖拉机上的两只后轮。没有人敢拦她。谁知道她什么“不行”了呢?谁知道她“先回去”干什么呢。

到了1970年的冬天,有庆家的对自己彻底死了心了。她不可能再怀上。有庆似乎也放弃了努力,他忙不出什么头绪来。一赌气,有庆上了水利工地。大中午王连方来了。有庆家的刚刚哭过,想起自己的这一生,慢慢地有了酸楚。她不知道自己错在哪儿,怎么会落到这一步的。有庆家的当初是一个心气多旺的姑娘,风头正健,处处要强,现在却处处不甘,处处难如人意了,越想越觉得没有指望。王连方进门了,背着手,把门反掩上了。人是站在那儿,却好像已经上了床了。有庆家的并没有吃惊,立起身,心里想,他也不容易了,又不缺女人,惦记着自己这么久,对自己多少有些情意,也难为他了。再说了,作为男人,他到底还是王家庄最顺眼的,衣有衣样,鞋有鞋样,说出来的话一字一句都往人心里去,牙也干净,肯定是天天刷牙的。有庆家的这么一想,两只肩头松了下去,望着王连方,凄凉得很。眼泪无声地溢了出来。有庆家的慢慢转过身,走进屋里,侧着身子缓缓地拿屁股找床沿,揿下头,脖子拉得长长的,一颗一颗地解。解完了,有庆家的抬起头,说:“上来吧。”

有庆家的到底是有庆家的,见过世面,不惧王连方。就凭这一点在床上就强出了其他女人。王连方最大的特点是所有的人都怕他。他喜欢人家怕他,不是嘴上怕,而是心底里怕。你要是咽不下去,王连方有王连方的办法,直到你真心害怕为止。但是让人害怕的副作用在床上表现出来了。那些女人上了床要不筛糠,要不就像死鱼一样躺着,不敢动,胳膊腿都收得紧紧的,好像王连方是杀猪匠,寡味得很。没想到有庆家的不怕,关键是,有庆家的自己也喜欢床上的事。有庆家的一上床便体现出她的主观能动性,要风就是风,要雨就是雨。没人敢做的动作她敢做,没人敢说的话她说得出,整个过程都惊天动地。做完了，还侧卧在那儿安安静静地流一会儿眼泪，特别地招人怜爱，特别地开人胃口。这些都是别别窍的地方。王连方一下子喜欢上这块肉了。王连方胃口大开，好上了这一口。

这一回王连方算是累坏了，最后趴在了有庆家的身上，睡了一小觉。醒来的时候在有庆家的腮帮子上留下了一摊口水。王连方拖过上衣，掏出小瓶子来，倒出一粒白色的小药片。有庆家的看了一眼，心里想，准备工作倒是做得细，真是不打无准备之仗呢。王连方笑笑，说，“乖，吃一个，别弄出麻烦来。”有庆家的说：“凭什么我吃？我就是要给王家庄生一个小支书。——你自己吃。”从来没有人敢对王连方说这样的话，王连方又笑，说：“个要死的东西。”有庆家的歪过了脑袋。不吃。无声地命令王连方吃。王连方看了看，很无奈，吃了一颗。有庆家的也吃了一颗。王连方看了看有庆家的，把药片吐出来了，放在了手上。接着笑。有庆家的抿了嘴，也是无声地笑，慢慢把嘴唇咧开，两排门牙的中间咬着一颗小白片。王连方很幸福地生气了，是那种做了长辈的男人才有的懊恼，说：“一天到晚和我闹。”赌气吃下去一颗，张开嘴，给她检查。有庆家的用舌尖把小白片舔进去，喉头滚动了一下，吐出长长的舌头，伸到王连方的面前，也让他检查。她的舌头红红的，尖尖的，像扒了皮的小狐狸，又顽皮又乖巧，挑逗得厉害。王连方很猛浪地搂住了有庆家的，一口咬住了。有庆家的抖了一下，小药瓶已经给打翻在地，碎了，白花花地散了一屋子，像夏夜的星斗。两个人都吓得不轻，有庆家的说：“才好。”王连方急吼吼的，却又开始了。有庆家的吐出嘴里的药片，心里想，我还用吃它？这辈子没那个福分了。这个突发的念头让有庆家的特别地心酸。

是那种既对不起自己又对不起别人的酸楚。但是有庆家的立即赶走了这个念头，呼应了王连方。有庆家的一把勾紧了王连方的脖子，上身都悬空了，她对着王连方的耳朵，哀求说："连方，疼疼我！"王连方说："我在疼。"有庆家的流出了眼泪，说："你疼疼我吧！"王连方说："我在疼。"他们一直重复这句话，有庆家的已经泣不成声了，直到嘴里的字再也连不成句子。王连方快活得差一点发疯。

王连方尝到了甜头，像一个死心眼的驴，一心一意围着有庆家的这块磨。有庆在水利工地，正是一寸光阴一寸金，寸金难买寸光阴。可是有些事情还真是人算不如天算，那一天中午偏偏出了意外，有庆居然回来了。有庆推开房门，王连方正站在床边，气焰十分地嚣张。有庆立在门口，脑子转不过来，就那么看着，呆在那儿。王连方停止了动作，回过头，看了一眼有庆。王连方说："有庆哪，你在外头歇会儿，这边快了，就好了。"

有庆转身就走。王连方出门的时候房门、屋门和天井的大门都开在那儿。王连方一边往外走一边把门带上。王连方对自己说："这个有庆哪，门都不晓得带上。"

玉米现在的主攻目标是柳粉香。也就是有庆家的。有庆家的现在成了玉米的头号天敌。这个女人实在不像话了，把王连方弄得像新郎官似的，天天刮胡子，一出门还梳头。王连方在家里几乎都不和施桂芳说话了，他看施桂芳的眼神玉米看了都禁不住发冷。施桂芳天天在家门口嗑葵花子，而从骨子里看，施桂芳已经不是这个家的人了。在王连方的那一边，施桂芳一生下小八子这个世上就没有施桂芳这么一个人了。王连方有时候都在有庆家的那边过夜了。玉米替母亲寒心。但是这样的状况玉米只能看在眼里,不可以随便说。这一切都因为什么?就因为有了那只骚狐狸!这一切全是骚狐狸一手做的鬼!玉米对有庆家的已经不是一般的恨了。

关于有庆家的,玉米的感觉相当复杂。恨是恨,但还不只是恨。这个女人的身上的确有股子不同寻常的劲道。是村子里没有的,是其他的女人难以具备的。你能看得出来,但是你说不出来。就连王连方在她的面前都难免流露出贱相。这是她出众的地方,高人一头的地方。最气人的其实也正是这个地方。比方说,她说话的腔调或微笑的模样,村子里已经有不少姑娘慢慢地像她了。谁也不会点破,谁也不会提起。这里头无疑都是她的力量,也就是说,每个人的心里其实都有一个柳粉香。而男人们虽说在嘴上作践她,心里还是喜欢,一和她说话嗓子都不对,老婆骂了也没用,不过夜的。玉米嘴上不说,心里还是特别地嫉妒她。这是玉米恨之入骨的最大缘由。玉米一直想把王红兵抱到她的家门口去,但是有庆家的并没有躲躲藏藏的,她和王连方的事都做在明处,还敢和王连方站在巷口说话,那样做就没什么意思了。这个女人的脸皮太厚,小来来羞辱不了她。不过玉米还是去了。玉米想,你生不出孩子,总是你的短处,你哪里疼我偏偏要往哪里戳。玉米抱上王红兵,慢悠悠地来到有庆家的门口。一起跟过来很多人。一些是无意的,一些是有意的。她们的神情相当紧张,又有些振奋。有庆家的看见玉米来了,并没有把门关上,而是大大方方地出来了。她的脸上并没有故作镇定,因为她的确很镇定。她马上站到这边和大家一起说话了。玉米不看她。她也不看玉米。甚至没有偷偷地睃玉米一眼。还是玉米忍不住偷偷瞄她了。玉米还没有开口，有庆家的已经和别人谈论起王红兵了。主要是王红兵的长相。有庆家的认为，王红兵的嘴巴主要还是像施桂芳，如果像王连方反而更好。她对王连方嘴巴的赞美是溢于言表的。不过长大了会好一点，男孩子小时候像妈，到了岁数骨架子出来了，最终还是像老子。玉米都有点听不下去了。而王红兵的耳朵也有问题，有些招风。其实王红兵不招风，反而是有庆家的自己有点招风。玉米侧过身，看着她，毫不客气地对着她的脸说："也不照照！"玉米的出手很重了，换了别的女人一定会惭愧得不成样子，笑得会比哭还难看。但是有庆家的没听见。话一出口玉米已经意识到上了这个女人的当了，是自己首先和她说话的。有庆家的还是不看她，和别人慢慢拉呱。这一回说的是玉米，反而像说别人。有庆家的说："玉米这样漂亮的女孩子，就是嘴巴不饶人。"有庆家的没有说"漂亮的丫头"、"漂亮的姑娘"，而是说"漂亮的女孩子"，非常地文雅，听上去玉米绝对是鸡窝里飞出的金凤凰。她的话锋一转，却帮着玉米说话了，她说："我要是玉米我也是这个样子。"她很认真地说了这句话。玉米没法再说什么了，反而觉得自己厉害得不讲方寸，像个泼妇了。而她偏偏就说玉米漂亮，她这么一说其实已经是定论了。有庆家的又和别人一起评价起玉秀的长相了，有庆家的最后说："还是玉米大方。玉米耐看。"口气是一锤子定音的。玉米知道这是在拍自己的马屁，但她的脸上没有一点巴结玉米的神色，都没有看自己，完全是有一说一，有二说二的样子。看来是真心话。玉米其实蛮高兴的，这反而气人。玉米最不能接受的还是这个女人说话的语气，这个女人说起话来就好像她掌握着什么权力，说怎样只能是怎样，不可以讨价。这太气人了。她凭什么？她是什么破烂玩意儿！玉米“哼”了一声，挖苦说：“漂亮！”口气里头对“漂亮”进行了无情打击，赋予了“漂亮”无限丰富和无限肮脏的潜台词。都是毁灭性的。玉米说完这句话走人了。这在看客的眼里不免有些寡味。玉米和有庆家的第一次交锋其实没有什么实质性的成绩。充其量也就是平手。不过玉米想，日子长呢，你反正是嫁过来的人。你有庆家的有把柄，你的小拇指永远夹在王家庄的门缝里头。

彭国梁原计划在夏忙的季节回家探亲，爷爷却没有等到那个时候，开春后匆匆地咽了气，真是黄泉路上不等人。一份电报过去，彭国梁探亲的日程只好提前。彭国梁已经回到彭家庄了，玉米的这边还没有半点消息。彭国梁没有能够和爷爷见到最后一面，他走进家门的时候爷爷做死人已经做到第三天了。爷爷入了殓，又过了四天，烧好头七，彭国梁摘了孝，传过话来，他要来相亲。

玉米失措得很。这件事是不好怪人家的。彭国梁这个时候回来，本来就是一件意外。问题是，玉米连一件合适的衣裳都没有。玉米打算穿上过年的新衣裳，试了一下，那是加在棉袄上的加褂，上身之后挂在身上，有点疯疯傻傻的。很不好看。重做吧，还要到镇上扯料子，无论如何来不及了。玉米惆怅得很，心情相当地压抑，老是想哭，但到底心里头是欢喜，一直没哭出来。这反而更压抑了。

玉米没有料到有庆家的会把她拦在路口。看上去好像前几天她们一点也没有发生过什么事，都好像没有见过面。有庆家的把玉米叫住，还没等玉米开口，有庆家的先说话了。有庆家的说：“玉米，你恨我的吧。”玉米没有料到有庆家的先把话题挑开来，一时嘴更笨了。玉米想，这个女人的脸皮是厚，换了别人把裤子穿在脸上也不敢这样说话。有庆家的说：“飞行员快来相亲了，你这身衣裳怎么穿得出去。”玉米盯着有庆家的，想一想，说：“你都有人要，我怎么会嫁不出去？”有庆家的显然没想到玉米说出这样的话。这句话打脸了。玉米自己都觉得过分了。但这个女人脸皮太厚，不这样不足以平民愤。有庆家的从胳肢窝里取下小布包，用方巾裹着，递到玉米的手上。她一定预备了好多话的，但是玉米的话究竟让有庆家的有些乱，一时忘了想说的东西，所以手上的动作分外地快。有庆家的说：“这件衣裳是我在宣传队上报幕时穿的，没用处了。”这个举动大大出乎玉米的意料。有些出格。但是不管她是什么用意，她的东西玉米怎么可能要。玉米没有打开，推了回去。有庆家的说：“玉米，做女人的可以心高，却不能气傲，天大的本事也只有嫁人这么一个机会，你要把握好。可别像我。”“天大的本事也只有嫁人这么一个机会”，这句话玉米听进耳朵里去了。有庆家的又把包裹塞到玉米的怀里，回头便走。走出去四五步，有庆家的突然回过头，冲着玉米笑。她的眼眶里头早就贮满泪光了，闪闪烁烁的，心碎的样子。“可别像我。”玉米没有想到有庆家的会说这样的话。看起来这个女人并不气盛，没想到她对自己的评价这样低。玉米再也没有料到这个女人心中盘着那样的怨结，差一点心软了。有庆家的这一个回头给了玉米极其疼痛的印象。玉米这一回算是大胜了有庆家的，但是胜得有点寡味，不知道是哪里出了毛病了。玉米站在那儿，望着手里的衣裳，脑子里一直翻卷的都是有庆家的那句话：“你要把握好，可别像我。”

玉米想扔了的，但是，毕竟是有庆家的“报幕”时穿的，这件衣裳一下子有了特殊的诱惑。这是一件小开领的春秋衫，收了一点腰身。虽说玉米的体形和有庆家的有点类似，可是玉米还是觉得紧了一些。玉米走到大镜子前，吓了自己一大跳。自己什么时候这样洋气、这样漂亮过？乡下的女孩子大多挑过重担，压得久了，背部会有点弯，含着胸，盆骨那儿却又特别地侉。玉米不同，她的身体很直，又饱满，好衣服一上身自然会格外地挺拔，身体和面料相互依偎，一副体贴谦让又相互帮衬的样子。怎么说人靠衣裳马靠鞍呢。最惊心动魄的还在胸脯的那一把，凸是凸，凹是凹，比不穿衣服还显得起伏，挺在那儿，像是给全村的社员喂奶。柳粉香当年肯定正是那样，挺拔四方，漂亮得不像样子。玉米无法驱散对柳粉香当年的设想，可是，设想到最后，玉米却设想到自己的头上去了。这个念头极其危险了。玉米相当伤感地把衣服脱了下来，正正反反又看了几回。想扔，舍不得。玉米都有点恨自己了，什么事她都狠得下心，为什么在一件衣裳面前她反而软了？玉米想，那就放在那儿，绝对不可以上身。

彭国梁被彭支书领着，来到了玉米家的大门口。施桂芳正站在门框旁边，看见彭支书领着一个当兵的冲着自己的大门走来，心里有数了。她把葵花子放进口袋，做出站相，微笑也预备好了。彭支书来到施桂芳的面前，喊过“嫂子”，彭国梁跨上来一步，立正，“啪”，一个军礼。施桂芳的胳膊一阵乱动，把客人请进了堂屋。施桂芳很欢喜，只是毛脚女婿的军礼让她觉得事态过于重大了，光会赔笑，不会说话了。好在施桂芳是支书的娘子，处惊不乱。她打开广播，对着话筒说：“王连方，请你立即回到家里来，家里来了解放军！请你立即回到家里来，家里来了解放军！”

广播也就是通知。只是一会儿工夫，玉米家的大门口立即挤满了人，男男女女老老少少高高矮矮胖胖瘦瘦的。“解放军”是什么意思，不用多说了。后来王连方过来了，大步流星，一边走一边系下巴底下的风纪扣。人们让开了一条道。王连方来到彭支书的面前，握过手。彭国梁起立，立正，“啪”，再一个军礼。王连方掏出香烟，给了彭支书一根，也给了彭国梁一根。彭国梁再一次起立，立正，“啪”，又一个军礼。彭国梁说：“报告首长，彭国梁不吸烟。”王连方笑起来，说：“好。好。”气氛相当客气，但是有点肃穆，甚至紧张。王连方大声说：“你回来了！”这句话其实是废话。彭国梁说：“是。”门外围观的人们似乎也得到了感染，他们不说话。他们相当崇拜彭国梁的军礼，他的军礼很帅，行云流水，却又斩钉截铁。

玉米的到来把故事推向了高潮。玉米被人们拖回来了。王红兵早就被女人们抢过去抱走了。人们同样给玉米让开了一道缝隙。这一幕人们盼望已久了。只有这一幕看到了，大伙儿才能够放心。玉米被人拥着，两条腿一左一右地在地上走，其实是别人的力量，她的身子几乎后仰了。到了家门口，玉米胆怯了，不走。两个胆子大的闺女把玉米一直推到彭国梁的面前，人们以为彭国梁又要给玉米敬军礼了，没有。四周静悄悄的。彭国梁不仅没有敬礼，甚至没有立正，差不多也没了站相，只是不停地咧嘴，又不停地吃力地抿上。玉米迅速地瞥了一眼彭国梁，看到了他的神情，玉米放心了，但是人已经羞得不成样子。腰那一把像蛇。玉米的脸庞红彤彤的，把眼珠子衬得更黑，亮闪闪地到处躲。可怜极了。门外的人再也没有想到玉米会这样扭捏，一点都不像玉米。他们想，到底还是个姑娘家。门外的人一起哄了几声，高潮过去了，气氛轻松下来了。他们为彭国梁高兴，但主要的还是为了玉米。

王连方来到门口敬烟，是男人都有份。王连方最后给张如俊的儿子也敬了一根，如俊的儿子被如俊家的抱在怀里，傻头傻脑的。王连方把香烟夹到他的耳朵上，说："带回去给你老子抽。"人们没有想到王支书这样客气，都说笑话了。门口响起了一阵大笑。气氛相当地好。王连方对着门外撣了撣手，人们散去了。王连方关上门，深深地吸了一口气。

施桂芳安排彭国梁和玉米烧水去了。作为一个过来人，施桂芳知道厨房对于年轻男女的重要意义。初次见面的男女都这样，生疏得很，拘谨得很，两个人一同坐到灶台的后面，一个拉风箱，一个添柴禾，炉膛里的火把两个人烤得红红的，慢慢会活络的。施桂芳带上厨房的门，把玉英玉秀她们都哄了出去。这几个丫头不能留在家里，她的七个女儿，除了玉米，别的都是人来疯。

玉米烧火的时候彭国梁给了玉米第二份见面礼。第一份是按照祖传的旧规矩预备的，无非是面料和毛线那一路的东西。彭国梁到底有不同凡俗的地方，另外又准备了一份。一支红管英雄牌铱金笔，一瓶英雄牌蓝黑墨水，一扎四十克信笺，二十五只信封，外加领袖的夜光像章一枚。这一份礼物更有了私密性，同时兼备了文化和进步的特征。彭国梁把它们放在风箱上，旁边还有他的军帽。军帽上有一颗红色五角星，鲜红鲜红的，发亮，是闪闪的红星。这几样东西组合在一起，此时无声胜有声了。彭国梁拉着风箱，他的每一个动作都要反映到炉膛里的火苗上。在他做推手的动作时，东倒西歪的火苗立即竖了起来，像一根柱子，相当有支撑力。玉米则把稻草架到那根火柱子上，这一来他们的手脚暗地里有了配合，有了默契，分外地感人。稻草被火钳架到火柱子上去，跳跃了一下，柔软了，透明了，变成了光与热，两个人的脸庞和胸口都被炉膛里的火苗有节奏地映红了，他们的喘息和胸部的起伏也有了节奏，需要额外地调整与控制。空气烫得很，晃动得很，就好像两个人的头顶分别挂了一颗大太阳，有点烤，但是特别地喜庆，是那种发烫的温馨，就是有点乱，还有一点催人泪下的成分，不时在胸口一进一出的。玉米知道，自己恋爱了。玉米望着火，禁不住流下了热泪。彭国梁显然看见了，还是不说什么，只是掏出了他的手帕，放在玉米的膝盖上。玉米拿起来，没有擦眼泪，却捂住了鼻子。手帕有一股香皂的气味，玉米一闻到这股气味差一点哭出了声音。好在玉米即刻忍住了。泪水却是越忍越多。他们到现在都没有说一句话，没有碰一下手指头。玉米想，这就对了，恋爱就是这样的，无声地坐在一起，有些陌生，但是默契；近在咫尺，却一心一意地向遥远的地方憧憬、缅怀。就是这样的。

玉米望着彭国梁的脚，知道了是四十二码的尺寸。这个不会错。玉米知道了彭国梁所有的尺寸。女孩子的心里一旦有了心上人，眼睛就成了卷尺，目光一拉出去就能量，量完了呼啦一下又能自动收进来。

按照旧规矩，玉米过门以前，彭国梁不能在王家庄这边住下来。但是王连方破字当头，主张移风易俗。王连方发话了，住。王连方实在是喜欢彭国梁在他的院子里进进出出的，总觉得这样一来他的院子里就有了威武之气,特别地无上光荣。施桂芳小声说:“还是不妥当。”王连方瞪了施桂芳一眼,极其严肃地指出:“形而上学。”

彭国梁在玉米的家里住下了。不过哪里也没有去。除了吃饭和睡觉,几乎都是和玉米待在了灶台后面。灶台的背后真是一个好地方,是乡村爱情的圣地。玉米和彭国梁已经开始交谈了,玉米有些吃力,因为彭国梁的口音里头已经夹杂了一些普通话了。这是玉米很喜欢的。玉米自己说不来,可是玉米喜欢普通话。夹杂了普通话的交谈无端端地带上了远方的气息,更适合于爱情,是另一种天上人间。炉膛里的火苗一点一点黯淡下去。黑暗轻手轻脚地,笼罩了他们。玉米开始恐惧了,这种恐惧里头又多了一分难言的企盼与焦虑。当爱情第一次被黑暗包裹时,因为不知后事如何,必然会带来万事开头难这样的窘境。两个人都相当地肃穆,就生怕哪儿碰到对方的哪儿。是那种全神贯注的担忧。

彭国梁握住了玉米的手。玉米终于和彭国梁“手拉手”了。虽说有些害怕,玉米等待的到底还是这个。玉米的手被彭国梁“拉”着,有了大功告成的满足。玉米在内心的最深处彻底松了一口气。玉米其实也没有拉着,只是伸在那儿,或者说,被彭国梁拽在那儿。彭国梁的手指开始很僵,慢慢地活了,一活过来就显得相当地犟。它们一次又一次地往玉米的手指缝里抠,而每一次似乎又是无功而返的,因为不甘,所以再重来。切肤的举动到底不同一般,玉米的喘息相当困难了。彭国梁突然搂住玉米,把嘴唇贴在了玉米的嘴唇上。彭国梁的举动过于突然,玉米明白过来的时候已经晚了,赶紧把嘴唇紧紧地抿上。玉米想,这一下完蛋了,嘴都让他亲了。但是玉米的身上一下子通了电，人像是浮在了水面上，毫无道理地荡漾起来，失去了重量，只剩下浮力，四面不靠，却又四面包围。玉米企图挣开，但是彭国梁的胳膊把她箍得那样紧，玉米也只好死心了。玉米相当害怕，却反而特别地放心了。玉米渐渐把持不住了，抿紧的双唇失去了力量，让开了一道缝，冷冷的，禁不住地抖。这股抖动很快传遍全身了，甚至传染给了彭国梁，他们搅在一起抖动，越吻越觉得吻得不是地方，只好闷着头到处找。其实什么也没有找到。自己的嘴唇还在自己的嘴上。这个吻差不多和傍晚一样长，施桂芳突然在天井里喊："玉米，吃晚饭了哇！"玉米慌忙答应了一声，吻才算停住了。玉米愣了好大一会儿，调息过来了。抿着嘴，无声地笑，就好像他们的举动因为特别地隐蔽，已经神不知鬼不觉了。两个人从稻草堆上站起身，玉米的膝盖软了一下，差一点没站住。玉米捶了捶腿，装着像是腿麻了，心里想，恋爱也是个体力活儿呢。玉米和彭国梁挪到稍亮一点的地方，相互为对方掸草屑。玉米掸得格外仔细，一丝一毫都不肯放过，玉米不能答应彭国梁的军服上有半根草屑。掸完了，玉米从彭国梁的身后把他抱住了，整个人像是贮满了神秘的液体，在体内到处流动，四处岔。人都近乎伤感了。玉米认定自己已经是这个男人的女人了。都被他亲了嘴了，是他的人，是他的女人了。玉米想，都要死了，都已经是"国梁家的"了。

第二天的下午彭国梁突然把手伸到玉米的衣襟。玉米不知道彭国梁想干什么，彭国梁的手已经抚住玉米的乳房了。虽说隔着一层衬衫，玉米还是吓得不轻，觉得自己实在是胆大了。玉米和他僵持了一会儿，但是，彭国梁的手能把飞机开到天上去，还有什么能挡得住?彭国梁的搓揉差点要了玉米的命,玉米搂紧了彭国梁的脖子,几乎是吊在彭国梁的脖子上,透不过气来。可是彭国梁的指头又爬进玉米的衬衫,直接和玉米的乳房肌肤相亲了。玉米立即摁住彭国梁的手,央求说:“不能,不能啊。”彭国梁停了一会儿,对着玉米的耳朵说:“好玉米,下一次见面还不知道是哪一年呢。”这句话把玉米的心说软了,说酸了。一股悲恸涌冲进了玉米的心窝,无声地汹涌了。玉米失声痛哭。顺着那声痛哭脱口喊了一声“哥哥”。这样的称呼换了平时玉米不可能叫出口,而现在是水到渠成。玉米松开手,说:“哥哥,你千万不能不要我。”彭国梁也流下了眼泪,彭国梁说:“好妹子,你千万不能不要我。”虽说只是重复了玉米的一句话,但是那句话由彭国梁说出来,伤心的程度上却完全不同了,玉米听了都揪心。玉米直起身子,安静地贴了上来。给他。彭国梁撩起玉米的衬衫,玉米圆溜溜的乳房十分光洁地挺在了他的面前。彭国梁含住了玉米的左乳。咸咸的。玉米突然张大了嘴巴,反弓起身子,一把揪紧了彭国梁的头发。

最后的一个夜晚了。第二天的一早彭国梁要回到彭家庄去,而下午他就要踏上返回部队的路。玉米和彭国梁一直吻着,全心全意地抚摸,绝望得不行了。他们的身体紧紧地贴在一起,困苦地扭动。这几天里,彭国梁与玉米所做的事其实就是身体的进攻与防守。玉米算是明白了,恋爱不是由嘴巴来“谈”的,而是两个人的身体“做”出来的,先是手拉手,后是唇对唇,后来发展到胸脯,现在已经是无遮无掩的了。玉米步步为营,彭国梁得寸进尺,玉米再节节退让。说到底玉米还是心甘情愿的。这是怎样的欲罢不能。欲罢不能哪。彭国梁终于提出来了，他要和玉米“那个”。玉米早已是临近晕厥，但是，到了这个节骨眼上，玉米的清醒与坚决却表现出来了。玉米死死按住了彭国梁的手腕。他们的手双双在玉米的腹部痛苦地拉锯。“我难受啊。”彭国梁说。玉米说：“我也难受啊。”“好妹子，你知道吗？”“好哥哥，我怎么能不知道。”彭国梁快崩溃了，玉米也快崩溃了。但是玉米说什么也不能答应。这一道关口她一定要守住。除了这一道关口，玉米什么都没有了。她要想拴住这个男人，一定要给他留下一个想头。玉米抱着彭国梁的脑袋，亲他的头发。玉米说：“哥，你不能恨我。”彭国梁说：“我没有恨你。”玉米说到第二遍的时候已经哭出声音了，玉米说：“哥你千万不能恨我。”彭国梁抬起头，想说什么，最后说“玉米”。

玉米摇了摇头。

彭国梁最后给玉米行了一个军礼，走了。他的背影像远去的飞机，万里无云，却杳无踪影。直到彭国梁的身影在土圩子的那头彻底消失，玉米才犯过想来，彭国梁，他走了。刚刚见面了，刚刚认识了，又走了。玉米刚才一直都傻着，现在，胸口一点一点地活动了。动静越来越大，越闹越凶，有了抵挡不住的执拗。但是玉米没有流泪，眼眶里空得很，真的是万里无云。她只是恨自己，后悔得心碎。说什么她也应当答应国梁、给了国梁的，守着那一道关口做什么？白白地留着身子做什么？还能给谁？肉烂在自家的锅里，盛在哪一只碗里还不都一样？“我怎么就那么傻？”玉米问自己，“国梁难受成那样，我为什么要对他守着？”玉米又一次回过头，庄稼是绿的，树是枯的，路是黄的。“我怎么就这么傻。”

有庆家的这两天有点不舒服，说不出来是哪儿，只是闷。只好一件一件地洗衣裳，靠搓洗衣裳来打发光阴。衣裳洗完了，又洗床单，床单洗完了，再洗枕头套。有庆家的还是想洗，连夏天的方口鞋都翻出来了，一左一右地刷。刷好了，有庆家的懒了下来，却又不想动了。这一来更加无聊了。王连方又不在家，彭国梁前脚离开，他后脚就要开会去。他要是在家或许要好一点。有庆家的以往都是这样，再无聊，再郁闷，只要和王连方睡一下，总能顺畅一点。有庆现在不碰她，都不愿意和她在一张床上睡。村里的女人没有一个愿意和她搭讪，有庆家的现在什么都没有，反而只剩下王连方了。有时候有庆家的再偷一个男人的心思都有，但是不敢。王连方的醋劲大得很。有庆家的和别人说几句笑话王连方都要摆脸色。那可是王连方的脸色。你说女人活着为什么？还有什么意思？就剩下床上那么一点乐趣。说到底床上的乐趣也不是女人的，它完全取决于男人在什么时候心血来潮。

有庆家的望着洗好的东西，一大堆，又发愁了。她必须汏一遍。可她实在弯不下腰了。腰酸得很。有庆家的只好打起精神，拿了几件换身的衣裳，来到了码头。刚刚汏好有庆的裤褂，有庆家的发现玉米从水泥桥上走了过来。从玉米走路的样子上来看，肯定是刚刚送走了彭国梁。玉米恍惚得很，脸上也脱了色。她行走在桥面上，像墙上的影子，一点重量都没有。玉米也真是好本事，她那样过桥居然没有飘到河里去。有庆家的想，玉米这样不行，会弄出毛病来的。有庆家的爬上岸，守候在水泥桥头。玉米过来了，有庆家的堆上笑，说："走啦？"玉米望着有庆家的，目光像烟那样，风一吹都能拐弯。玉米冷得很，不过总算给了有庆家的一点面子，她对着有庆家的点一下头，过去了。有庆家的一心想宽慰玉米几句，但是玉米显然没有心思领她的这份情。有庆家的一个人侧在那儿，瞅着玉米的背影，她的背影像一个晃动的黑窟窿。有庆家的慢慢失神了，对自己说，你还想安慰人家，再怎么说，人家有飞行员做女婿——离别的伤心再咬人，说到底也是女人的一分成绩，一分运气，是女人别样的福。你有什么？你就省下这份心吧，歇歇吧，拉倒吧你。

玉米离开之后有庆家的跑到猪圈的后面，弯下身子一顿狂呕。汤汤水水的，竟比早上吃下去的还要多。有庆家的贴在猪圈的墙上，睁开眼，眼睛挂了细碎的泪。有庆家的想，看来还是病了，不该这么恶心。这么一想有庆家的反而想起来了，这两天这么不舒服，其实正是想吐。有庆家的弯下腰，又呕出一嘴的苦。有庆家的闭上眼，兀自笑了笑，心里说，个破烂货，你还弄得像怀上小支书似的。这句作践自己的话却把有庆家的说醒了，两个多月了，她的"亲戚"还真是没有来过，只不过没敢往那上头想罢了。转一想，有庆家的却又笑了，挖苦自己说，拉倒吧你，你还真是一个外勤内懒的货不成。

医生说，是。有庆家的说，这怎么可能。医生笑了，说你这个女的少有，这要问你们家男人。有庆家的又推算了一次日子，那个月有庆在水利工地上呢。有庆家的眼睛直了，有庆再木呫，但终究不是二憨子，这件事瞒得过天，瞒得过地，最终瞒不过有庆。要还是不要，有庆家的必须给自己拿主张。

有庆家的炒了一碗蛋炒饭，看着有庆吃下去。掩好门，顺手从门后拿起捣衣棒。有庆家的把捣衣棒放在桌面上。有庆家的说："有庆，我能怀的。"有庆还在扒饭，没有听明白。有庆家的说："有庆，我怀上了。"有庆家的说："是王连方的。"有庆听明白了。有庆家的说："我不敢再堕胎了，再堕胎我恐怕真的生不出你的骨肉了。"有庆家的说："有庆，我想生下来。"有庆家的说："有庆，你要是不答应，我死无怨言。"有庆家的看着桌面上的捣衣棒，说："你要是咽不下去，你打死我。"有庆最后一口饭还含在嘴里，他把筷子拍在了桌子上，脖子和目光一起梗了。有庆站起身，拿起了捣衣棒。有庆把捣衣棒握在掌心，胳膊比捣衣棒还要粗，还要硬。有庆家的闭上了眼睛。再睁开的时候有庆已经不在了。有庆家的慌了，出了门四处找。最后却在婆婆的茅棚里找到了。有庆家的追到茅棚的门口，看见有庆跪在婆婆的面前。有庆说："我对不起祖宗，我比不上人家有种。"有庆嘴里的那口蛋炒饭还含在嘴里，这刻儿黄灿灿的喷得一地。有庆家的身子骨都凉了，和婆婆对视了一眼，退了回来。回到家，从笆斗里翻出一条旧麻绳，打好活扣，扔到屋梁上去。有庆家的拽了拽，手里的麻绳很有筋骨。放心了。有庆家的把活扣套上脖子，一脚蹬开脚下的长凳。

婆婆却冲开门进来了。婆婆多亮堂的女人，一看见儿媳的眼神立即知道要出大事了。婆婆一把抱住有庆家的双腿，往上顶。婆婆喊道："有庆哪，快，快！"有庆已经被眼前的景象弄呆了，不知道前后的几分钟里他都经历了什么。木头木脑的，四处看。有庆把媳妇从屋梁上割下来，婆婆立即关上了屋门。老母亲兴奋异常，弯着腿，张开胳膊，两只胳膊像飞动的喜鹊不停地拍打屁股。她压低了嗓子，对儿媳说:"怀上就好,你先孵着这个,能怀上就好了哇!"

春风到底是春风,野得很。老话说"春风裂石头,不戴帽子裂额头",说的正是春风的厉害。一年四季要是说起冷,其实倒不在三九和四九,而在深秋和春后。三九四九里头,虽说天冻地冻,但总归有老棉袄老棉裤裹在身上,又不怎么下地,反而不觉得什么。深秋和春后不一样,手脚都有手脚的事,老棉袄老棉裤绑在身上到底不麻利,忙起来又是一身汗,穿戴上难免要薄。深秋倒是没什么风,但是起早贪黑的时候大地上会带上露水的寒气,秋寒不动声色,却是别样的凛冽。春后又不一样了,主要是风。春风并不特别地刺骨,然而有势头,主要是有耐心,把每一个光秃秃的枝头都弄出哨声,像号丧,从早号到晚,好端端的一棵树像一大堆的新寡妇。春寒的那股子料峭,全是春风捣的乱。

麦子们都返青了。它们一望无际,显得生机勃勃。不过细看起来,每一片叶子都瑟瑟抖抖的,透出来的还是寒气。春天里最怕的还是霜。只要有了春霜,最多三天,必然会有一场春雨。所以老人们说,"春霜不隔三朝雨"。虽说春雨贵如油,那是说庄稼,人可是要遭罪。雨一下就是几天,还不好好下,雾那样,没有瓢泼的劲头,细细密密地缠着你,躲都躲不掉。天上地下都是湿漉漉的,连枕头上都带着一股水气,把你的日子弄得又脏又寒。

王家庄弥漫着水气,相当濡。风一直在吹。人们睡得早,起得迟,会过日子的人家赶上这样的光景一天只吃两顿。这也是先辈的老传统了。青黄不接的时候,多睡觉,横着比竖着扛饿。吃得少,人当然要懈怠了，这就苦了猪圈里的猪。它们要是饿了不可能躺下来好好睡觉的，它们会不停地喊。猪喊得很难听，不像鸡，叫起来喜喜庆庆的；也不像狗，狗的叫声多少有那么一点安详，远远地听上来让人很心安。猪让人烦，天下所有的猪都是饿死鬼投的胎。猪是会含冤的庄稼，要不就是不会抽穗的肉。

天上没有太阳。没有月亮。天黑了，王家庄宁静下来了。天又黑了，王家庄又宁静下来了。

出大事了。

王连方被堵在秦红霞的床上事先没有一点预兆。王家庄静悄悄的，只有公猪母猪的饿叫声。烧晚饭的光景，家家户户的屋顶上都冒着炊烟，炊烟缠绕在傍晚的雾气里头，树巅的枝杈上都像冒着热气。其实蛮祥和的。突然来了动静，王连方和秦红霞一起被堵在了床上。怪只怪秦红霞的婆婆不懂事，事后人们都说，秦红霞的婆婆二百五，真是少一窍！你喊什么？喊就喊了，你喊“杀人”做什么？王连方要是碰上一个聪明的女人肯定过去了，偏偏碰上了这样一个二百五。一切都好好的，秦红霞的婆婆突然喊：“杀人啦，杀人啦！”村子里的水汽重，叫喊的声音传得格外远，分外地清晰。左邻右舍们操起了家伙，一起冲进了秦红霞的天井。秦红霞的男将张常军在河南当炮兵，去年秋天在部队上解决了组织问题，到了今年秋天差不多该退伍了。张常军不在，邻居们平时对红霞一家还是相当照顾的，她的婆婆喊“杀人”，这样重大的事，不能不出面。秦红霞的婆婆站在天井的中央，上气不接下气，光会用手指头指窗户。窗户已经被秦红霞的婆婆拉开了，半开着，门却捂得极死。天井里站的全是人。拿着扁担的小心翼翼地来到了窗户跟前,而扛着钉耙的急不可耐,一脚把门踹开了。王连方和秦红霞正在穿戴,手上忙得很,却是徒劳,没有一个纽扣扣得是地方。王连方虽说还能故作镇静,到底断了箍,散了板了。他掏出飞马香烟,说:“抽烟,大家抽。”

这怎么抽。

形势很严峻。平时人家给王连方敬烟,王连方还要看看牌子。现在王连方给别人敬的是飞马,他们都不抽。形势很严峻了。

当天晚上王家庄像乱葬岗一样寂静,真的像杀了人了,杀光了那样。而王连方已经来到了镇上,站在公社书记的办公桌前。公社的王书记很生气。王书记平时和王连方的关系相当不一般,但是现在,他对着王连方拍起了桌子:“怎么搞的!弄成这样嘛!幼稚嘛!”王连方很软了,双眼皮耷拉下来,从头到脚都不景气。王连方很小心地说:“要不,就察看吧。”王书记正在气头上,又拍桌子:“你呕屎!军婚,现役嘛!高压线嘛!要法办的!”形势更严峻了。王连方不是不知道,这件事弄不好就“要法办的”,但是第一次没有事,第二次也没有事,最终到底出事了。现在王书记亲自说出“要法办的”,性质已经变了。王书记解开了中山装,双手叉腰,两只胳膊弯把中山装的后襟撑得老高。这是当领导的到了危急关头极其严峻的模样,连电影上都是这样。王连方望着王书记的背影,王书记一推窗户,对着窗外摊开了胳膊:“都被人看见了,你说说,怎么办?怎么办嘛!”

事情来得快,处理得也快。王连方双开除,张卫军担任新支书。这个决定相当英明,姓王的没有说什么,姓张的也不好再说什么。

日子并不是按部就班地过，它该慢的时候才慢，该快的时候却飞快。这才几天，王连方的家就这么倒了。表面上当然看不出什么，一砖一瓦都在房上，一针一线都在床上，但是玉米知道，她的家倒了。好在施桂芳从头到尾对王连方的事都没有说过什么。施桂芳什么都没有说，只是不停地打嗝。作为一个女人，施桂芳这一回丢了两层的脸面。她睡了好几天，起床之后人都散了。这一回的散和刚刚出了月子的那种散到底不同，那种散毕竟有炫耀的成分，是自己把自己弄散的，顺水而去的，现在则有了逆水行舟的味道，反而需要强打起精神头，只不过吃力得很，勉强得很，像她开口说话嘴里多出来的那股子馊味。

玉米现在最怕的就是和母亲说话。她说出来的话像打出来的嗝，一定是沤得太久了。让玉米心寒的还有玉穗，小婊子太贱，都这个岁数了，还有脸和张卫军的女儿在一起踢毽子，每一回都输给人家。张卫军的女儿小小的一个人，小小的一张脸，小鼻子小眼的，小嘴唇又薄又嚣。姓张的的确没一个好货。她踢的毽子那还能算毽子？草鸡毛罢了。玉穗肯输给她，看来天生就是吃里扒外的坯子。玉米算是看透她了。

玉米把一切都看在眼里，反而比往常更沉得住。就算彭国梁没有在天上开着解放军的飞机，她玉米也长不出玉穗那样的贱骨头。被人瞧不起都是自找的。玉米走得正，行得正，连彭国梁的面前她都能守得住那道关，还怕别人不成？玉米照样抱着王红兵，整天在村子里转。王连方当支书的时候别人怎么过，她玉米就能怎么过。王玉米的“王”摆到哪儿都是三横加一竖，过去不出头，现在也不掉尾巴。

最让玉米瞧不起的还是那几个臭婆娘，过去父亲睡她们的时候，她们全像臭豆腐，筷子一戳一个洞。现在倒好，一个个格格正正的，都拿了自己当红烧肉了。秦红霞回来了，小骚货出事之后带着孩子回娘家去了，一去就是十来天。返村的时候秦红霞的脸上要红有红，要白有白，弄得跟回娘家坐月子似的。她还有脸回来！河面上又没有盖子，她硬是没那个血性往下跳，做做样子都不敢。秦红霞走在桥上，还弄出不好意思的样子，好像全村的男人一起要她了。秦红霞快下桥口的时候不少妇女都在暗地里看玉米，玉米知道，她们在看她。她们想看看玉米怎么面对这件事，怎么面对那个人。秦红霞过来了，玉米抱着王红兵，站起来，换了一下手，主动迎了上去。玉米笑着，大声说："红霞姨，回来啦！"所有的人都听到了。过去玉米一直喊秦红霞"红霞姐"，现在喊她"姨"，意味格外地深长了，有了难以启齿的暗示性。妇女们开始还不明白，但是，只看了一眼秦红霞的脸色，领略了玉米的促狭和老到。又是滴水不漏的。秦红霞对着玉米笑得十分别扭，相当地难看。一个不缺心眼的女人永远不会那样笑的。

王连方打算学一门手艺。一家子老老少少，十来张嘴呢。从今年的秋后开始，不会再有往年那样的分红了。和社员们一起做农活儿，王连方没有那个身板了，主要还是丢不下那个脸面。王连方对自己有一个基本的认识，虽说支书不当了，但他这一辈子睡过那么多的女人，够本了，值得。回过头来再和自己的老部下一起挑大粪、挖墒沟、插秧割麦，很不成体统。妥当的办法是赶紧学一门手艺。王连方做过很周密的思考，他时常一手执烟，一手叉腰，站到《世界地图》和

《中华人民共和国地图》的面前，把箍桶匠、杀猪匠、鞋匠、篾匠、铁匠、铜匠、锡匠、木匠、瓦匠放在一起，进行综合、比较、分析、研究，经过去粗取精、去伪存真、由里而外、由现象到本质，再联系上自己的身体、年纪、精力、威望等实际，决定做漆匠。漆匠有这样几个好处，一，不太费力气，自己还吃得消；二，技术上不算太难，只要大红大绿地涂抹上去，别露出木头，终究难不到哪里；三，成本低，就一把刷子，不像木匠，锯、刨、斧、凿、锤，一套一套的，办齐全了有几十件；四，学会了手艺，整天在外面讨生活，不用待在王家庄，眼不见为净，心情上好对付一些；五，漆匠总归还算体面，像他这样的身份，做杀猪那样的脏事，老百姓看了也会寒心，漆匠到底不同，一刷子红，一刷子绿，远远地看上去很像从事宣传工作。主意定下来，王连方觉得自己的方针还是比较接近唯物主义的。

有庆家的这边王连方有些日子不来了。时间虽说不长，毕竟是风云变幻了。王连方中午喝了一顿闷酒，一直喝到下午两三点钟。王连方站起来，决定在离家之前再到有庆家的身上疏通一回。别的女人现在还肯不肯，王连方心里没底。不过有庆家的是王连方的自留地，他至少还可以享一享有庆的呆福。王连方推开有庆家的门，有庆家的正在偷嘴，嚼萝卜干。有庆家的背过身，已经闻到了一身的酒气。王连方大声说："粉香啊，我现在只有你啦。"话说得虽然凄凉，但在有庆家的这边还是有几分的感动人心的，反而有了几分温暖了。王连方说："粉香啊，下次回来的时候你就喊我王漆匠吧。"有庆家的转过脸，王连方的脸上有了七分醉了，特别地颓唐，有庆家的想安慰他几句，却不知从哪里说起。虽说秦红霞的事伤了她的心，到底还是不忍看见王连方这副落魄的样子。有庆家的当然知道他来做什么。如果不是有了身孕，有庆家的肯定会陪他上床散散心的。但现在不行。绝对不行。有庆家正色说："连方，我们不要那样了——你还是出去吧。"王连方却没有听见，直接走进西厢房，一个人解，一个人脱，一个人钻进了被窝。等了半天，王连方说："喂！"又等了半天，王连方说："——喂！"王连方一直听不到动静，只好提着裤子，到堂屋里找。有庆家的早已经不在了。王连方再也没有料到这样的结果，两只手拎着裤带，酒也消了，心里滚过的却是世态炎凉。王连方想，好，你还在我这里立牌坊，早不立，晚不立，偏偏在这个时候立。王连方一阵冷笑，自语说："妈个巴子的！"回到西厢房，再一次扒光了，王连方重新爬进被窝，突然扯开了嗓子。王连方吼起了样板戏。是《沙家浜》。王连方睡在床上，一个人扮演起阿庆嫂、胡传魁和刁德一。他的嗓门那么大，那么粗，而他在扮演阿庆嫂的时候嗓子居然捏得那么尖，那么细，直到很高的高音，实在爬不上去了，又恢复到胡传魁的嗓音。王连方的演唱响遍了全村，所有的人都听到了，但是没有一个人过来，好像谁都没有听见。王连方把《智斗》这场戏原封不动地搬到了有庆的床上，一字不差，一句不漏。唱完了，王连方用嘴巴敲了一阵锣鼓，穿好衣裳，走人。

其实有庆家的哪里也没有去。她进了厨房，站在厨房的门后面。有庆家的再也想不到王连方会来这一手，吓得魂都掉了。稍稍镇定下来，有庆家的涌上了一股彻骨的悲伤，只觉得自己这半年的好光景还是让狗过了。有庆家的手脚一起凉了。她摸着自己的腹部，恨不得用指头把肚子里的东西挖出来。可又不忍。有庆家的颤抖了，她低下头，看着自己的肚子，对自己的肚子说："狗杂种，狗杂种，狗杂种，个狗杂种啊！"

王连方四十二岁出门远行，出去学手艺去了。一个家其实就交到了玉米的手上。家长不好做。不做当家人，不知柴米贵，玉米现在算是知道这句话的厉害了。当家难在大处，说起来却也是难在小处。小处琐碎，缠人，零打碎敲，鸡毛蒜皮，可是你没有一样能逃得过去，你必须面对面，屁大的事你都不能拍拍屁股掉过脸去走人。就说玉叶，虚岁才十一岁的小东西，前几天刚刚在学校里头砸烂了一块玻璃，老师要喊家长；现在又把同学们的墨水瓶给打散了，泼得人家一脸的黑，老师又要喊家长了。玉叶看上去没什么动静，嘴巴慢，手脚却凌厉，有些嘎小子的特征。这样的事要是换了过去，老师们会本着一分为二的精神来看待玉叶的。现在有点不好办，老师毕竟也有老师的难处。玉米是作为"家长"被请到学校里去的，第一次玉米没说什么，只是不停地点头，回家抓了十个鸡蛋放在了老师的办公桌上。第二次玉米又被老师们请来了，玉米听完了，把玉叶的耳朵一直拎到办公室，当着所有老师的面给了玉叶一嘴巴。玉米的出手很重，玉叶对称的小脸即刻不对称了。玉米这一次没有把鸡蛋抱到学校，却把猪圈里的乌克兰白猪赶过来了。事情弄大了，校长只好出面。校长是王连方多年的朋友，看了看老师，又看了看玉米，手心手背都不好说什么。校长只好看着猪，笑起来，说："玉米呀，这是做什么，给猪上体育课哪？"撅着嘴让工友把乌克兰猪赶回去了。玉米看着校长和蔼可亲的样子，也客气起来，说："等杀了猪，我请叔叔吃猪肝。"校长慢腾腾地说:“那怎么行呢。”玉米说:“怎么不行,老师能吃鸡蛋,校长怎么不能吃猪肝?”话刚刚出口,玉叶老师的眼睛成了鸡蛋,而一张脸却早已变成猪肝了。

玉米一到家就摊开了四十克信笺,她要把满腔的委屈向彭国梁诉说。玉米现在所有的指望都在彭国梁那儿了。玉米没有把家里的变故告诉彭国梁,那件事玉米不会向彭国梁吐露半个字的。玉米不能让彭国梁看扁了这个家。这上头不能有半点闪失。只要国梁在部队上出息了,她的家一定能够从头再来,玉米对着信笺说:“国梁,你要提干。”玉米看了看,觉得这样太露骨,不妥当。玉米把信撕了,千叮咛、万嘱咐,最后变成了这样一句话:“国梁,好好听首长话,要求进步!”

公社的放映队又来了。这些天施桂芳老是喊心窝子疼,玉米不打算看电影去了。玉米其实是爱看电影的,母亲倒是从来不看。那时候玉米还在心里头嘀咕,怎么人到了岁数连电影都不想看的呢。现在玉米算是明白了,母亲不愿意往人多的地方去,再说了,电影也实在是假得很,那么多的人挤在一块白布里头过日子,就一块白布,它知道什么是暖,什么是冷。这么一想玉米也觉得自己到了岁数了,只是觉得自己的心也冷了。心冷一次岁数自然要长一次。人就是以这种方式一次又一次地长大的,心同样也是这样一次又一次地死掉的。这和年月反而没有什么关系了。

刚吃过晚饭,玉秀偷了一把葵花子,想早点出去。玉米把她拦住了。玉米不让玉秀这么早出去有玉米的道理,以往放电影,玉秀都要去抢位置。大白布还没有扯上去，玉秀扛着板凳已经把放映机前最好的位置抢下来了。玉秀每次能抢到地盘，当然不是玉秀的能耐，说到底还是人家让着她。现在玉秀再指望有人让她显然就太不知趣了，弄不好又是一番口舌。玉米不怕口舌，可是以现在的光景，多一事当然不如少一事。玉米得拦着，不要找不自在。玉秀没有听玉米的，却撂过来一句话，说："你烦不烦，你看看我有没有带板凳？"玉秀是个聪明人，这丫头还是知道深浅的。玉米说："那你也得把玉叶带上。"玉秀说："我不带，她自己又不是没长腿。"玉米说："你带不带？要不哪里也别想去。"玉米现在绝对是家长了，声音一大肯定是说一不二。玉秀这一回没有顶嘴，顺手又多抓了两把葵花子。老三玉秀带着老五玉叶，老二玉穗带着老六玉苗，老四玉英自顾自，老七玉秧留在家里睡觉。这样安顿完了，玉米点上煤油灯，抱着王红兵来到了母亲的床前。母亲瘦了，然而，这种瘦倒没有体现在脸盘的大小上，而是反映在面部的皱纹上。施桂芳脸上的皱纹一条一条地都挂了下来，呈现出水往低处流的格局。一句话，一副哭丧相。玉米把新炒的葵花子端到母亲的面前，施桂芳说："玉米，往后别炒了。"玉米说："为什么？"施桂芳说："别丢那个人了。"玉米看着自己的母亲，厉声说："妈，你不能不吃。"母亲说："这是怎么说的？"玉米说："吃给别人看。"施桂芳笑笑，想说什么，但终于没有开口，只是把手放在了玉米的手背上，拍了两下。玉米感觉出来了，母亲的拍打有劝解的意思，更多的却还是认命的意思。玉米站起来了，说："妈，为了我们，你就当药吃。"施桂芳拍了拍床沿，示意玉米坐下来。虽说天天在一个屋子里头，但是这样安心地和玉米说说话，还真是少有的光景。再怎么说,有这样一个女儿和自己说说话,打通打通心里的关节,多少能够去痰化淤。夜很静了,是那种清心寡欲的静,施桂芳听了一会儿,却听出了孤儿寡母的那种静。王红兵已经睡着了,在玉米的怀里乖巧得很。施桂芳接过来,端详了好大的工夫,他倒是睡得安稳,没心没肺的憨样。施桂芳抬起头来再看玉米。灯芯照亮了玉米的半张脸,玉米的半个侧面被油灯脱落得格外标致,只不过另外的半张脸却陷入了暗处,使玉米的神情失去了完整性,有了见首不见尾的深不可测。这时候外面吹过了一阵风,把电影里枪炮的声音吹到这边来了。玉米伸长了脖子,侧着耳朵,十分仔细地从枪炮声中分辨飞机俯冲的声音。施桂芳猜得出玉米这一刻的心思,说:“去看看吧。”玉米没有动,只是望着灯芯,目光专注而又恍惚。施桂芳长长地叹了一口气,灯芯顺着施桂芳的叹息扭了一下腰肢,好像也躲着她了,心思早已经坐飞机了。房间里黯淡了一下,玉米半张明亮的脸即刻也黯淡下去了。施桂芳突然直起了上身,打了一连串的饃嗝,同时用力拍打着床面,说:“还是这样好,还是这样好哇。”母亲的突发性举动没有一点由头,没有一点过渡,吓了玉米一跳。玉米看了看母亲,“呼”地一下吹灭了煤油灯,说:“早点睡吧。”

玉穗带着玉苗回家的时候玉米已经偎在枕边睡了一小觉了。接下来回家的是玉英。玉米坐在床沿,关照她们几个用水。玉米要等的其实是玉叶,玉叶这丫头真是个假小子,懒得很,你要是不逼着她她就是不肯用水,钻进被窝一焐,一双脚臭得要了命,身上还骚烘烘的。玉叶由玉米带着睡,除了玉米,谁还肯和玉叶的那双臭脚裹一个被窝。电影已经散了,玉叶还不回来。一定是玉秀拉着玉叶在外头疯。玉米知道玉秀的心思，有玉叶陪着，回家之后她才好把屎盆子往别人的头上扣。等了一会儿，外面已经没什么动静了，玉秀和玉叶还没有回来。玉米生气了。玉米披上棉袄，拔上两只鞋后跟，怒冲冲地出门去了。

玉米最后在打谷场的大草垛旁边找到玉秀和玉叶，电影早就散场了，大草垛的旁边围了一些人，还亮着一盏马灯。玉米大声喊："玉秀！玉叶！"没有声音回应。草垛旁边的脑袋却一起转了过来。四周黑漆漆的，只有转过来的脸被马灯的光芒自下而上照亮了，悬浮在半空，呈现出古怪的明暗关系。他们不说话，几张脸就那么毫无表情地嵌在夜色之中，鬼气森森的。玉米怔了一下，一股不祥的预感在胸口迅速地飞窜。玉米走上去，人们让开了，玉秀和玉叶的下身一丝不挂，傻乎乎地坐在稻草上。玉秀玉叶的身上到处都是草屑，草屑缀满了乱发、牙缝和嘴角。玉秀一动不动，眼睛在眨巴，但目光却已经死了。玉米已经明白发生什么了，张大了嘴巴，望着她的两个妹妹。围在旁边的人看了看玉米，丢下马灯，一个又一个离开了。他们的背影融入了夜色。夜色里空无一人，但更像站满了人。

玉米跪在地上，给她们穿上裤子。玉秀和玉叶的裆部全是血，外加许多黏稠的液汁。她们的裤子上洋溢着一股陌生而又古怪的气味。玉米用稻草帮她们擦干净，拉紧她们的手，左手一个，右手一个。玉米拽着自己的两个妹妹，在黑色的夜里往回走。马灯还放在原来的地方，漆黑的夜色中，巨大的草垛被马灯照出了一轮金色的光轮。一阵夜风吹了过来，吹乱了玉米的头发，几乎盖在了脸上。玉秀和玉叶都哆嗦了一下。她们在夜风的吹拂下像两个摇摆的稻草人。玉米突然立住，蹲在玉秀的面前，一把揪紧了玉秀的双肩。

玉米问："告诉我，谁？"玉米扳着玉秀的肩头，拼命摇晃，大声问："是谁？"玉米摇晃玉秀的时候自己的头发却纷涌澎湃，玉米吼道："——谁？！"

玉叶接过了问话，玉叶说："不知道。好多。"

玉米一屁股坐在了地上。

彭国梁远在千里之外，然而，村子里的事显然没有瞒得过彭国梁。彭国梁来信了，他的来信只有一句话，"告诉我，你是不是被人睡了？！"虽然远隔千里，玉米还是感受到了彭国梁失控的体气，空气在晃动。玉米差不多被这句话击倒了，全身透凉，没有了力气。玉米无端地恐惧了。玉米看到了一只手，这只手绕过了玉秀还有玉叶，慢慢伸向她玉米了。阳光普照，但那只手却伸手不见五指。玉米知道了，村子里的人不仅替玉米看彭国梁的信，还在替玉米给彭国梁写信。玉米怎么回答彭国梁呢？这样的问题玉米如何说得出口呢？玉米实在不知道怎样回答这个问题。人都想呆了。彭国梁现在是玉米和玉米家最后的一根支柱，他这架飞机要是飞远了，玉米的天空真是塌下来了。玉米把四十克信笺摊在桌面上，团了好几张，又撕了好几张。玉米发现这一刻自己只是一张纸，飘飞在空中，无论风把她抛到哪儿，结果都是一样的，不是被撕毁，就是被踩满了脚印。哪一只脚能放过地上的一张纸呢。脚的好奇心决定了纸的命运。夜深人静了，玉米把红管英雄牌铱金笔捏在手上，她其实并不想写信，只是以这种空洞的方式和彭国梁说说话。玉米憋了很久，却发现信笺上已经写着一行话了，这句话把玉米自己都吓了一跳。玉米自己也不知道是什么时候写的，特别地大胆，特别地放纵。信笺上是："国梁哥，我的心上人，你是我最爱最爱的人。"玉米只觉得自己的脸皮也已经厚了，这样的话也有胆子说了。玉米想了想，壮起胆子，又写下了一行："国梁哥，我的心上人，我的亲人，你是我最爱最爱的人。"写到第二遍，玉米的胸脯拼命地向外鼓着。她望着灯芯，拿灯芯当彭国梁，好让彭国梁亮亮地、暖暖地在她的面前立正。玉米又写了一行："国梁哥，我的心上人，我的亲人，你是我最爱最爱的人。"玉米说不出别的什么来了，前前后后就是这一句。这是玉米心中藏得最深的一句，需要加倍地吃力才敢说得出。玉米从来没敢说过，玉米终于把它说出来了。别的还有什么呢?就是从头再说，玉米还是这一句，只有这一句，就是这一句。玉米一口气写了五页纸，因为信笺只有最后的五页了。五页纸上写的全是同样的一句话。第二天的上午玉米把这五页纸横着竖着又看了几遍，看到最后玉米自己都不敢再看了，一页一页的泪。玉米告诉自己，要是心底的话国梁哥还是听不见，那只能是山太高，水太长，说什么也是白说了。玉米把信寄了出去。信件寄出去之后玉米还想找点什么事情做做，但是没有找到。那就坐下来歇歇吧。玉米坐在那儿，后来睡着了。玉米睡着了，坐在那儿。

等信的那几天玉米把王红兵交给了玉穗，她要亲自到桥头慢慢地等候。她现在对彭国梁的回信没有一点把握。要是彭国梁不要她了，说什么也不能让这封信丢到别人的手上。玉米丢不起那个人。谁要是有胆子把玉米的这封信拆开来，玉米会让他吃刀子。玉米守在桥头，等，没有等到彭国梁的来信，却等来了一个包裹。那是玉米的相片，还有玉米写给彭国梁的所有信件。全是玉米的笔迹，很难看。玉米望着自己的相片、自己的笔迹，不知道怎么弄的，并没有预想的那样难过，却特别地难为情。不知道怎么弄的，特别地难为情。太难为情了，就想一头撞死。

有庆家的偏偏在这个时候出现了。玉米想把手里的东西掖紧一些，一不小心却弄掉了一样东西，是玉米的相片。相片躺在地上，一副不知好歹的下作相，居然还有脸面笑。玉米想用脚踩住，还是迟了，有庆家的已经看在了眼里，她的脸上已经明白。玉米羞愧得连有庆家的都不敢看了。有庆家的捡起相片，一抬头便从玉米的眼里看到了危险。玉米的眼睛特别地坚决，是那种随时都可以面对生死才有的沉着和坚定。有庆家的一把抓住了玉米的胳膊，拽起来就往自己的家里跑。有庆家的把玉米一直带进自己的卧房，卧房的光线很不好，但是玉米的目光却出奇地亮，出奇地硬。然而配着一脸的痴，那种亮和硬分外地吓人了。有庆家的拉过玉米的手，央求说："玉米，你要是还拿我当人，你就哭！"

这句话把玉米的目光说松动了，玉米的目光一点一点地移过来，望着有庆家的，嘴角撇了两下，轻声说："粉香姐。"玉米的声音并不大，听上去却像是喷涌出来的，带着血又连着肉，给人以血光如注的错觉。有庆家的呆住了，她再也没有料到玉米会喊她"粉香姐"的。嫁到王家庄这么长时间了，她有庆家的算什么?一条母猪、母狗。谁拿她当过人?有庆家的被玉米的"粉香姐"打翻了五味瓶，竟比玉米还要揪心了。有庆家的没有能够憋住，一口放开了嗓子。有庆家的一把扑在了玉米的肩头，顺便把嘴巴捂在了玉米的胸前。这时候她的肚子里面却是一阵动,有庆家的感觉到了,那是小王连方在踢她的肚子了。有庆家的一想起自己的肚子气又短了,不敢再出声了——要是没有王连方,她和玉米不知道会成为多好的姊妹。可她偏偏就是王连方的大女儿。这个想法把有庆家的塞住了,说都没法说。有庆家的调息了半天,总算把自己收拢回来了。

有庆家的抬起头,抹去了眼泪,却发现玉米已经在看着她。没事的样子。又吓了有庆家的一跳。玉米的脸上虽然没有一点血色,神情恢复得近乎平常了。有庆家的有些不相信,可玉米的样子在那儿呢,这是装不出来的。有庆家的到底不放心,小心地说:“玉米?”玉米的头让开了,说:“我不会去死。我倒要好好看看。——你别给我说出去,就算帮过我了。”玉米说这句话的时候居然还笑了一下,虽说不太像,但是嘲讽的意思全有了。有庆家的想,玉米这是怨我多事了。玉米脱下自己的上衣,把相片与信件包裹起来,什么也没有说,开门出去了。有庆家的一个人被丢在卧房里,僵在那儿。有庆家的想,这下好了,多事有事,这件事要是传出去,玉米又要恨自己一个洞。

玉米睡了一个下午,夜深人静时分,玉米来到了厨房,一个人躺在了灶台后面。她把自己解开来了,轻轻地抚摸自己的乳房。手虽然是玉米自己的,但是,那种感受和国梁给她的并无差异。就是手是自己的,这一点太遗憾了。玉米的手慢慢滑向了下身,当初国梁的手正是到了这儿被玉米挡住的,现在,玉米要替国梁哥做他最想做的事。玉米无力地瘫在了稻草上,身子慢慢地烫了,越来越烫,难以按捺,只好吃力地扭动。但是不管怎样扭,总觉得哪儿不对,特别地心愿难遂,更需要加倍地扭动了。玉米的手指再怎么努力都是无功而返,就渴望有个男人来填充自己，同时也了断自己。不管他是谁，是个男人就可以了。夜深人静，后悔再一次塞满了玉米。玉米在悔恨交加之中突然把手指头抠进了自己。玉米感到一阵疼，疼得却特别地安慰。大腿的内侧热了，在很缓慢地流淌。玉米想，没人要的×，你还想留给洞房呢！

不幸的女人都有一个标志，她们的婚姻都是突如其来的。正是三夏大忙的时候，农民们都在和土地争抢光阴，谁也没有料到玉米会把她的喜事办在这个节骨眼上。麦子们大片大片地黄在田里，金光灿烂的，每一颗麦粒上都立着一根麦芒，这一来每一只麦穗都光芒四射，呈现出静态的喷涌之势。这个时节的阳光都是香的，它们带着麦子的气味，照耀在大地上，笼罩在村庄上。但是农民们在这个时候顾不上喜悦，因为这个时候的大地丰乳肥臀，洋溢着排卵期的孕育热情。它们按捺不住，它们在阳光下面松软开来了，一阵又一阵地发出厚实而又圆润的体气，它们渴望着借助于铁犁翻个身，换个体位，让初夏的水弥漫自己，覆盖自己。它们在得到灌溉的刹那发出欢娱的呻吟，慢慢失去了筋骨，满足了，安宁了，在百般的疲惫中露出了回味的憨眠。土地换了一副面孔，它们是水做的新媳妇，它们闭着眼睛，脸上的红润潮起潮落，这是无声的命令，这还是无声的祈求："来，还要，还要。"农民们不敢懈怠，他们的头发、衣襟和口腔里全是新麦的气味。他们把新麦的气味放在一边，欢欣鼓舞，强打精神，手忙脚乱，他们捏住了秧苗，一棵一棵地，按照土地的意愿把秧苗插到土地最称心如意的地方。农民们弓着身子，这里面没有偷工减料，每一棵秧苗的插入都要落实到农民的每一个动作上。十亩，百亩，千亩，秧苗一大片一大片的，起先是蔫蔫的，软软的，羞答答的，在水中顾影自怜。而用不了几天大地就感受到身体的秘密了。大地这一回彻底安静了，懒散了，不声不响地打起了它的小呼噜。

在这个手忙脚乱的时候玉米办起了喜事。回过头来看看，玉米把自己嫁出去实在是太过匆忙了，就像柳粉香当初的那样。不过玉米婚礼的排场柳粉香就不能比了，玉米是被公社干部专用的小快艇接走的，驾驶舱的玻璃上贴着两个鲜红的纸剪双喜。

说起来给玉米做媒的还是她的老子王连方。清明节刚刚过去，天气慢慢返暖了，正是庄稼人浸种的时刻，王连方从外面回到王家庄，他要拿几件换身的衣裳。王连方吃过晚饭，一时想不起去处，坐在那儿点香烟。玉米站在厨房的门口把王连方叫出来了。玉米没有喊“爸爸”，而是直呼其名，喊了一声“王连方”。

王连方听见了玉米的叫喊声，他听到了“王连方”，心里头怪怪的。掐掉烟，王连方慢悠悠地走进了厨房。玉米低了眼皮，只是看地，两只手背在背后，贴住墙。王连方找了一张小凳子，坐下来，重新点上一根烟，说：“你说说，什么形势？”玉米静了好半天，说：“给我说个男人。”王连方闷下头，知道了玉米那边所有的变故，不说话了，一连吸了七八口香烟，每吸一口香烟上的红色火头都要狠狠地后退一大步，烟灰翘在那儿，越拉越长。玉米仰起脸，说：“不管什么样的，只有一条，手里要有权。要不然我宁可不嫁！”

玉米的相亲进行得十分保密，款式也相当新鲜，选择在县城的电影院，一上来便有了非同一般的一面。傍晚时分玉米被公社的小汽艇给接走了，王家庄的许多人都在石码头上看到了这个壮丽景象。小汽艇推过来的波浪十分地疯狂，一副敢惹事、敢生非的模样，没头没脑地拍打王家庄的河岸，把那些可怜的小农船推搡得东倒西歪的。因为这条小汽艇，玉米走得相当招摇，但是她出去做什么，谁也弄不清。王家庄的人只是知道，玉米“到县里去了”。

玉米到县城里相亲来了。她要见的人其实不在县里工作，而是在公社。姓郭，名家兴，是分管人武的革委会副主任，职务相当地高了。玉米在小汽艇上想，幸亏她在父亲的面前发了那样的毒誓，要是按照一般的常规，她玉米决不会有这样的机会的。玉米肯定是补房，郭家兴的年纪肯定也不会小了，这一点玉米有准备。刀子没有两面光，甘蔗没有两头甜，玉米无所谓。为了自己，玉米舍得。过日子不能没有权。只要男人有了权，她玉米的一家还可以从头再来，到了那个时候，王家庄的人谁也别想把屁往玉米的脸上放。在这一点上玉米表现得比王连方更为坚决。王连方肯定是过分考虑了年龄方面的问题，他在玉米的面前显得吞吞吐吐的，有些欲言又止的样子。玉米把王连方想说的话拦在了嘴里。他要说什么，玉米肚子里亮堂。说什么都是放屁。

玉米第一次踏进县城，已经天黑了，马路的两侧全是路灯，尽管是晚上，还是欣欣向荣的好景象。玉米走在路上，心里相当地杂，有点像无头的苍蝇。玉米对自己没有一点信心，但是无论如何，玉米要拼打一回，争取一回，努力一回。说到底现在的玉米不是那时的玉米了，心气已经大不如过去，但是，却比以往更坚决、更犟。路过一家水果店的时候，玉米站住了，水果们一个个半悬在空中，却没有滚下来。玉米愣了半天总算弄明白了，是镜子斜放在上面，悬挂在上面的都是水果的影子。但是玉米马上从镜子中间看到了自己，玉米的穿戴土得很，在营业员的面前一比较全出来了。玉米真是后悔，说什么也应该把柳粉香的那一身演出服穿出来的。司机看了一眼玉米，以为玉米想吃水果，抢了要买。玉米一把把他拉回来。司机笑着说："你这位小社员力气大得很嘛。"

关键时刻再一次来到了。玉米来到了新华电影院的门口。电影院的高墙上挂着一幅红色的横幅，"热烈祝贺全县人武工作会议胜利召开！"玉米知道了，原来郭家兴是在县里头开会呢。司机把电影票交到玉米的手上，说："我在外面等你。"玉米想，你真是会拍领导的马屁，要你等什么?我还没嫁过来呢。不过玉米转又想，你想等那就等，有机会我会给你说几句好话的。电影已经开映了，玉米掀开布帘，放映大厅里黑咕隆咚的，彩色宽银幕却大得吓人，一个公安员正在银幕上吸烟，他的鼻孔比井口还要大。电影真是不可思议，一个人想大就大，想小就小，哪里有这样便宜的事。玉米捏着票，四处看了几眼，有点紧张了，不知道下一步要做什么。好在过来了一个女的，她拿着一把手电，把玉米送到座位上去了。

玉米的心口疯狂地跳跃了。好在玉米有过相亲的经验，很快把自己稳住，坐了下来。左边是一个男的，五十多岁；右边也是一个男的，六十多岁。两个人都在看电影。玉米不敢动，弄不清一左一右到底是哪一个。又不好乱看。玉米想，到底是做公社的领导，在女人的面前就是沉得住气。王连方要是有这样的定力，何至于落到这般田地。玉米告诉自己，郭家兴不愿在这样的地方和自己说话，肯定有他的道理。还是不要东张西望的好。

玉米的这场电影看得真是活受罪，有一搭没一搭的。好在光线很暗，她可以不停地用余光察看左右。总的说来，玉米对五十多岁的那一个印象要稍好一些。如果玉米能够选择，玉米还是希望郭家兴是年轻的这一个。但是他的那一头一直没有动静。他哪怕用脚碰一碰玉米也好哇，那样玉米也好有个数。玉米望着彩色宽银幕，心里头没有一点底，又慌又急。玉米想，你就碰一碰我又怎么样?不能算什么作风问题。但是不管怎么说，要是郭家兴是六十多岁的那个，玉米也还是会答应的。过了这个村就没了这个店了。做官的男人打光棍的可不多。不过呢，总还是五十多岁的好一些。玉米就像摸彩的时候等手气那样看完了整场电影，累得想喘。电影上说了什么，玉米一点都不知道。反正结尾也不复杂，就是那个最像坏人的人终究不是好人，被公安局拉走了。

灯亮了，电影结束了。五十多岁的向左走，六十多岁的向右走，玉米被丢在了座位上。这样的结果玉米始料未及。怎么连一声招呼都没有。玉米突然明白过来了，人家第一眼就没有看上自己，自己还在这儿挑，还在这儿东一榔头西一棒呢。玉米羞愧万分。难怪司机都要说在外面等着她，人家司机早都看出来了。

玉米一个人走出电影院，自尊心又扒光了一回。司机一直守候在柱子旁边。玉米再也不好意思看司机了。司机说："都给你安排好了。"玉米相当疲惫，只想早一点躺下来，玉米厚着脸对司机说："你还是送我回家吧。"司机没有表情，说："郭主任怎么说，我怎么做。"

玉米躺在人民旅社的315房间。玉米恍恍惚惚的，早就睡下了。好像睡着了，又好像一直没有睡。要不就是在做梦。大约十点钟的光景，房门响了。外面说："在吗？我姓郭。"玉米被吓得不轻，有些疑神疑鬼的。门又响了。玉米不敢迟疑，打开灯，小心翼翼地拉开一道门缝。一个陌生的男人已经推着门进来了，一脸的寒气，没有任何表情。好在玉米已经看见他胸前的会议出入证了，上面有他的名字：郭家兴。玉米一阵狂喜，既像绝处逢生，又像劫后余生，原来郭家兴没有去看电影哪。玉米低下头，这才想起来还没有穿外衣呢。玉米瞥了一眼郭家兴，刚想穿衣服，但是郭家兴的脸色立即让玉米不踏实了，郭家兴从头到脚看不出"相亲"的风吹草动，像一个过路客人。玉米的心提上来了，在嗓子那儿跳。郭家兴坐到椅子上，说："倒杯水。"玉米一时没有了主张，因为没有了主张，所以格外地听从指挥。郭家兴接过水，玉米傻站在郭家兴对面，忘了穿了。郭家兴端着杯子，目光既不看玉米，也不回避玉米。玉米注意到他的眼珠子是褐色的，对着正前方，看，十分地专注，却又十分地漠然。郭家兴一口一口地喝，喝完了，玉米说："还要不要？"郭家兴没有接玉米的话，而是把杯子放在了桌面上，这就是不要了。因为找不到合适的话，玉米只好继续站在郭家兴的跟前，反而拿不定是穿还是不穿。他怎么这么冷静？他怎么就这么镇定？什么也不说，什么也不做，脸上布置得像一个会场。玉米禁不住紧张了。玉米想，完了，人家没看上。可是也不对。郭家兴的脸上没有满意，说到底也没有不满意。或许他觉得这门亲事已经妥当了呢？这应该是领导作风，不管什么事，只要他觉得行，事情就定下来了，没有必要再诈诈唬唬。这就更不像了，玉米好歹还是个姑娘,哪里是木头?这里又没有人,他不该一点动静都没有的。玉米傻站了半天,居然也冷静下来了。玉米自己也觉得奇怪,怎么自己也这么冷静,像是参加人武会议了。但是冷静归冷静,玉米实实在在已经害怕了郭家兴了。

郭家兴说:"休息吧。"

郭家兴站起身,开始解自己的衣裳。郭家兴好像是在自己的家里面,面对的只是自己的家人。郭家兴说:"休息吧。"玉米明白过来了,他已经坐到床上了。玉米这一下子更慌神了,脑子却转得飞快,但是不管什么样的决定都是不妥当的。郭家兴虽说解得很慢,毕竟就是几件衣服,已经解完了。郭家兴上了床,是玉米刚才睡的那张床,是玉米刚才睡的那个地方。玉米还是站在那儿。郭家兴说:"休息吧。"口气是一样的,但是玉米听得出,有了催促的意思。玉米不知道该怎么弄。玉米这一刻只盼望着郭家兴扑过来,把她撕了,就是被强奸了也比这样好哇。玉米还是个姑娘,为了嫁给这个人,总不能自己把自己扒光了,再自己爬上床——这怎么做得出来呀?

郭家兴看着玉米,最后还是玉米自己扒光了,自己爬进了被窝。玉米觉得自己扒开的不是衣裳,而是自己的皮。只能这样。柳粉香说过,女人可以心高,但女人不可以气傲。玉米赤条条的,郭家兴也赤条条的。他的身上散发出淡淡的酒精味,像是医院里的那种。玉米侧卧在郭家兴的身边,郭家兴用下巴示意她躺开。玉米躺开了,他们开始了。玉米紧张得厉害,不敢动,随他弄。起初玉米有一点疼,不过一会儿又好了,顺畅了。看来郭家兴对玉米还是满意了,他在半路上说了一句话,他说:"好。"到了最后他又重复了一遍:"好。"玉米这下放心了。不过事情有了一些周折，郭家兴检查床单的时候没有发现什么颜色。郭家兴说："不是了嘛。"这句话太伤人了。玉米必须有所表示。但是，表示轻了不行，表示重了也不行，弄得不好收不了场。玉米想了想，坐起来穿衣服。其实这样的举动等于没做，也只能安慰一下自己。玉米自己都知道自己的心里虚了一大块。玉米直想哭，不太敢。郭家兴闭上眼睛，说："不是那个意思。"

玉米重新躺下了，卧在郭家兴的身边。玉米眨巴着眼睛，想，这一回真的落实了。玉米应该知足了。不过玉米突然又想起彭国梁来了。要是给了国梁了，玉米好歹也甘心了，一直留到现在，这样打发了，一股说不出的自怜涌上了心房。好在玉米忍住了，到底有所收成，还是值得。郭家兴抽了两根烟，再一次翻到玉米的身上，因为是第二次，所以舒缓多了。郭家兴的身体像办公室的抽屉那样一拉一推，一边动一边说："在城里多住两天。"玉米听懂了他的意思，心里头更踏实了。她的脑袋深陷在枕头里，侧在一边，门牙把下嘴唇咬得紧紧的。玉米点了几下头。郭家兴说："医院里我还有病人呢。"玉米难得听见郭家兴说这么多话，怕他断了，随口问："谁？"郭家兴说："我老婆。"玉米一下子正过脸，看着郭家兴，突然睁大了眼睛。郭家兴说："不碍你的事。晚期了，没几个月。她一走你就过来。"玉米的身上立即弥漫了酒精的气味，就觉得自己正是垫在郭家兴身下的"晚期"老婆。玉米一阵透心的恐惧，想叫，郭家兴捂住了。玉米的身子在被窝里疯狂地颠簸。郭家兴说："好。"

家　事

一大早，老婆就给老公发了一条短信。短信说，老公，儿子似乎不太好，你能不能抽空和他谈谈？

老公回话了，口气似乎是无动于衷的：还是你谈吧，你是当妈的嘛。

老公乔韦是一个高中一年级的学生，他的老婆小艾则是他的同班。说起来他们做夫妻的时间倒也不长，也就是十来天。这件事复杂了，一直可以追溯到高中一年级的上学期。用乔韦的话来说，在一个"静中有动"的时刻，乔韦就被小艾"点"着了——拼了命地追。可是小艾的那一头一点意思也没有，"怎么敢消费你的感情呢？"小艾如斯说。为了"可怜的"（乔韦语）小艾，乔韦一脚就把油门踩到了底，飙上了。乔韦郑重地告诫小艾："你这种可怜的女人没有我可不行！"他是动了真心了，这一点小艾也不是看不出来，为了追她，乔韦的 GDP 已经从年级第九下滑到一百开外了，恐怖啊。面对这么一种惨烈而又悲壮的景象，小艾哪里还好意思对乔韦说"一点也不爱你"，说不出口了。买卖不成情义在嘛。可是，态度却愈加坚定，死死咬住了“不想在中学阶段恋爱”这句话不放。经历了一个火深水热的冬季，乔韦单边主义的爱情已经到了疯魔的边缘，眼见得就扛不住了。两个星期前，就在宁海路和颐和路的路口，乔韦一把揪住了小艾的手腕，什么也不说，眼睛闭上了，嘴巴却张了开来，不停地喘息。小艾不动。等乔韦睁开了眼睛，小艾采用了张爱玲女士的办法，微笑着，摇头，再摇头。乔韦气急败坏，命令说：“那你也不许和别人恋爱！”不讲理了。小艾“不想在中学阶段恋爱”，其实倒不是搪塞的话，是真的。小艾痛快地答应了，前提是乔韦你首先把自己打理好，把你的 GDP 拉上来，要不然，“如此重大的历史责任，我这样美丽瘦小的弱女子如何能承担得起。”小艾的话都说到这一步了，可以说情声并茂，乔韦还能怎么着？这不是一百三十七的智商能够解决得了的。乔韦在马路边上坐了下来，叹了一口气，说：“老婆啊，你怎么就不能和我恋爱的呢？”这个小泼皮，求爱不成，反倒把小艾叫作“老婆”了，哪有这样的。小艾的脑细胞噼里啪啦一阵撞击，明白了，反而放心了。乔韦说这话的意思无非是两点，A：给自己找个台阶，不再在“恋爱”这个问题上纠缠她，都是“老婆”了嘛。B：心毕竟没死透，怕她和别人好，抢先“注册”了再说——只要“注册”了，别人就再也没法下手了。小艾笑笑，默认了“老婆”这么一个光荣的称号。学校里的“夫妻”多着呢，也不多他们这一家子。只要能把眼前的这一阵扛过去，老婆就老婆呗，老公就老公呗，打扫卫生的时候还多一个蓝领呢。小艾拍拍乔韦的膝盖，真心诚意地说：“难得我老公是个明白的人。”小艾这么一夸，乔韦更绝望了，他抱住了自己的脑袋，埋到两只膝盖的中央，好半天都没有抬起头来。只能这样了。可是，分手的时候乔韦还是提出了一个特别的要求，他拉着小艾的手，要求“吻别”。这一回小艾一点也不像张爱玲了，她推出自己的另一只巴掌，拦在中间，大声说：“你见过你妈和你爸接吻没有？——乔韦，你要说实话！不说实话咱们就离婚！”乔韦拼了命地眨巴眼睛，诚实地说：“那倒是没有。”小艾说：“还是啊。”当然，小艾最后还是奖励了他一个拥抱，朴素而又漫长。乔韦的表现很不错，虽说力量大了一些，收得紧了一些，但到底是规定动作，脸部和唇部都没有任何不良的倾向。在这一点上小艾对乔韦的评价一直都是比较高的。乔韦在骨子里很绅士。绅士总是不喜欢离婚的。

只做“夫妻”，不谈恋爱，小艾和乔韦的关系相对来说反而简单了，只不过在“单位”里头改变了称呼而已。看起来这个小小的改变对乔韦来说还真的是个安慰，不少坏小子都冲着小艾喊“嫂子”了。小艾抿着嘴，笑纳了。小艾是有分寸的，拿捏得相当好，在神态和举止上断不至于让“同事们”误解。“夫妻”和“夫妻”是不一样的。这里头的区分，怎么说呢，嗨，除了老师，谁还看不出来呀。哪对“夫妻”呈阴性，哪对“夫妻”呈阳性，目光里头的PH值就不一样。能一样吗？小艾和乔韦一直保持着革命伴侣的本色，无非就是利用“下班的工夫”在颐和路上走走，顶多也就是在宁海路上吃一顿肯德基。名分罢了。作为老公，乔韦的这个单是要埋的。乔韦很豪阔，笑起来爽歪歪。但是，私下里，乔韦对“夫妻生活”的本质算是看透了，往简单里说，也就是埋个单。悲哀啊，苍凉啊。这就是婚姻吗？这就是了。——过吧。

可婚姻也不像乔韦所感叹的那样简单。家家都有一本难念的经。事情的复杂性就在于,做了夫妻乔韦才知道,他和小艾的婚姻里头还夹着另外的一个男人。

——小艾有儿子。田满。高一(九)班那个著名的大个子。身高足足有一米九九。田满做小艾的儿子已经有些日子了,比乔韦"静中有动"的时候还要早。事情不是发生在别的地方,就在宁海路上的那家肯德基。

小艾和田满其实是邂逅,田满端着他的大盘子,晃晃悠悠,晃晃悠悠,最后坐到小艾的对面来了。小艾叼着鸡翅,仰起头,吃惊地说:"这不是田满吗?"田满顶着他标志性的鸡窝头,凉飕飕的,绷着脸。田满说:"你怎么认识我?"小艾说:"谁还不认识田满哪,咱们的11号嘛。"11号是田满在篮球场上的号码,也是YAO(姚明)在休斯敦火箭队的号码,它象征着双份的独一无二。田满面无表情,坐下来,两条巨大的长腿分得很开,像泰坦尼克号的船头。田满傲滋滋地说:"你是谁?" 小艾的下巴朝着他们学校的方向送了送,说:"十七班的。"田满说:"难怪呢。"听田满这么一说,小艾很自豪,十七班是高中一年级的龙凤班,教育部门不让办的。心照不宣吧。这会儿小艾就觉得"十七班"是她的脸上的一颗美人痣,足可以画龙点睛了。小艾咄咄逼人了,说:"难怪什么?"田满歪着嘴,冰冷地说:"你很蔻。""蔻"是一个十分鬼魅的概念,没有解。如果一定要解释,坊间是这样定义的:它比漂亮艳丽,比艳丽端庄,比端庄性感,比性感智慧,比智慧凌厉,总之,是高中女人(女生)的至尊荣誉。小艾说:"扮相倒酷,其实是马屁精。”

田满的脸顿时红了。这是他没有预备的。嘴巴动了动，想说什么，没跟得上来。小艾再也没有料到大明星也会窘迫成这样，多好玩哦。大明星害起羞来真的是很感动人的。小艾这才注意起田满的眼睛来，眼眶的四周全是毛，很长，很乌，很密，还挑，有那么一点姑娘气，当然，绝不是娘娘腔——这里头有质的区分。目光潮湿，明亮，却茫然，像一匹小马驹子。小艾已经有数了，他的巨大是假的，他的巍峨是假的，骨子里是菜鸟。他能考到这所中学里来，不是因为考分，而是因为个子。智商不高，胆子小，羞怯，除了在篮球场上逞能，下了场就没用了，还喜欢装，故意把自己搞得晶晶亮、透心凉。这个人多好玩哦，这个人多可爱哦。小艾喜欢死了。当然，不是那种。田满这种人怎么说也不是她小艾的款。可小艾也不打算放弃，上身凑过去了，小声说："商量个事。"田满放下手里的汉堡，舔了舔中指，舔了舔食指，吮了吮大拇指。他把上身靠在靠背上，抱起双臂，做出一副电视剧里的"男一号"最常见的帅样，说："说。"

小艾眯起了眼睛，有点勾人了，说："做我儿子吧。"

田满的大拇指还含在嘴里，不动了。肯德基里的空气寂静下来。一开口小艾就知道自己过分了，再怎么说她小艾也不配拥有这么一个顶天立地的儿子嘛，还是大明星呢。可话已经说出来了，橡皮也擦不掉。那就等着人家狂殴呗。活该了。小艾只好端起可乐，叼着吸管，咬住了，慢慢地吸。田满的脸又红了，也叼住了吸管，用他潮湿的、明亮的、同时也是羞怯的目光盯着小艾，轻声说："这我要想想。"小艾顿时就松了一口气，不敢动。田满放下可乐，说："我在班里头有两个哥哥，四个弟弟。七班有两个姐姐。十二班有三个妹妹。十五班还有一个舅舅。舅妈是两个，大舅妈在高二（六），小舅妈在高一（十）。”

“单位”里的人事复杂，小艾是知道的，然而，复杂到田满这样的地步，还是少有。这种复杂的局面是从什么时候开始的呢，小艾不知道，想来已经有些日子了。小艾就知道一进入这所最著名的中学，他们这群小公鸡和小母鸡就不行了，表面上安安静静的，私底下疯癫得很，迅速开始了“新生活运动”。什么叫“新生活运动”呢？往简单里说，就是“恢复人际”。——既然未来的人生注定了清汤寡水，那么，现在就必须让它七荤八素。他们结成了兄弟，姐妹，兄妹，姐弟。他们得联盟，必须进行兄弟、姐妹的大串联。这还不够，接下来又添上了夫妻、姑嫂、叔嫂、连襟、妯娌和子舅等诸多复杂的关系。举一个例子，一个小男生，只要他愿意，平白无故的，他在校园里就有了哥哥、弟弟、嫂子、弟媳、姐姐、妹妹、姐夫、妹婿、老婆、儿子、女儿、儿媳、女婿、伯伯、叔叔、姑姑、婶婶、舅舅、舅妈、姨母、姨夫、丈母娘、丈母爹、小姨子和舅老爷。这是奇迹。温馨哪，迷人哪。乱了套了。嗨，乱吧。

田满望着小艾，打定主意了，神态庄重起来。田满说：“你首先要保证，你只能有我一个儿子。”

这一回轮到小艾愣住了。她在愣住了的同时如释重负。然而，有一点小艾又弄不明白了，他田满正忙于“新生活运动”，吭巴巴地在“单位”里结识了那么多的兄弟、姐妹，怎么事到了临头，他反过来又要当“独子”了。

小艾说：“那当然。基本国策嘛。”

深夜零点，小艾意外地收到了一封短信，田满发来的。短信说：“妈，我休息了，你也早点睡。儿子。”这孩子，这就孝顺了。小艾合上物理课本，在夜深人静的时分端详起田满的短信，想笑。不过小艾立即就摩拳擦掌，进入角色了。顺手摁了一行：“乖，好好睡，做个好梦。妈。”打好了，小艾凝视着“妈”这个字，多少有点不好意思。还是不发了吧。就这么犹豫着，手指头却已经揿下去了。小艾还没有来得及后悔，儿子的短信又来了，十分露骨、十分直白的就是两个字：

“吻你。”

小艾望着彩屏，不高兴了。决定给田满一点颜色看看。小艾在彩屏上写道“我对你可是一腔的母爱哦”，后面是九个惊叹号，一排，是皇家的仪仗，也是不可僭越的栅栏。

出乎小艾的意料，田满的回答很乖。田满说：“谢谢妈。”

小艾原打算再补回去一句的，却不知道如何下手了。她再也没有想到九尺身高的田满居然会是这么一个缠绵的东西。可这件事到底是她挑起来的，也不好过分。看起来她这个妈是当定了。她就把两个人的短信翻过来看，一遍又一遍的，心里头有点怪怪的了。有些难为情，有些恼，有些感动，也生气，还温馨。不知道怎么说才好。

田满的扣篮是整个篮球场上最为壮丽的动态，小艾想到了一个词，叫“呼啸”。田满每一次扣篮都是呼啸着把篮球灌进篮筐的。他能生风。必须承认，一踏上球场，害羞的菜鸟无坚不摧。这是田满最为迷人的地方，这同样也是小艾作为一个母亲最为自豪的地方。其实小艾并没有认认真真地看过校篮球队打球，但是，现在不一样了，儿子在篮球馆里一柱擎天，她不能不过来看看。看起来喜欢儿子的女生还真是不少，只要田满一得分，丫头们就尖叫，夸张极了。小艾看出来了，她们如此尖叫，目的只有一个，就是想让儿子注意她们。儿子一定是听到了，却听而不见。他谁也不看。在球场上，儿子的骄傲与酷已经到了惊风雨、泣鬼神的地步，绝对是巨星的风采。这就对了嘛，可不能让这些疯丫头鬼迷了心窍。小艾的心里涌上了说不出来的满足和骄傲，故意眯起了眼睛。沿着电视剧的思路，小艾想象着自己有了很深的鱼尾纹，想象着自己穿着小开领的春秋衫，顶着苍苍的白发，剪得短短的，齐耳，想象着自己一个人把田满拉扯到这么大，不容易了。突然有些心酸，更多的当然还是自得。悲喜交加的感觉原来不错，像酸奶，酸而甜。难怪电视一到这个时候音乐就起来了。音乐是势利的，它就会钻空子，然后，推波助澜。

小艾没有尖叫。她不能尖叫，得有当妈的样子。小艾站得远远的，眯着眼睛，不停地捋头发，尽情享受着一个孤寡的（为什么是孤寡的呢？小艾自己也很诧异）中年妇女对待独子的款款深情。你们就叫吧，叫得再响也轮不到你们做我的儿媳妇，咱们家田满可看不上你们这些疯丫头。

“妈，我休息了，你也早点睡。儿子。”

“乖，好好睡。做个好梦。妈。”

“吻你。”

“我也吻你。

“谢谢妈。”

每天深夜的零点，在一个日子结束的时分，在另外一个日子开始的时分，这五条短信一定会飞扬在城市的夜空。在时光的边缘，它们绕过了摩天大楼、行道树，它们绕过了孤寂的、同时又还是斑斓的灯火，最终，成了母与子虚拟的拥抱。它们是重复的，家常了。却更是仪式。这仪式是张开的臂膀，一头是昨天，一头是今天；一头是儿子，一头是母亲。绝密。

小艾当然不可能把她和田满的事告诉乔韦。然而，小艾忽略了一点，一个人如果患上了单相思，他的鼻子就拥有上天入地的敏锐，这是任何高科技都不能破解的伟大秘籍。就在宁海路和颐和路的交界处，乔韦把他的自行车架在了路口，他的表情用四个字就可以概括了，面无人色。原来嫉妒是可以改变一个人的长相的，乔韦今天的长相就很成问题，很愚昧。他很狰狞。

小艾刚到，乔韦就把小艾堵住了。小艾架好自行车，还没有来得及说话，就看见乔韦突然弓了腰，用链条锁把两辆自行车的后轮捆在了一起。乔韦很激动。他的手指与胳膊特别地激动。链条被他套了一圈又一圈，最后，套牢了。

两个人都是绝顶聪明的，一起望着自行车，心知肚明了。

这时候走过来一个交通警，他绕过了自行车，歪着脑袋问乔韦："这个好玩吗？这样有用吗？"

小艾抱起了胳膊，拉下脸来。"关你什么事！你们家夫妻不吵架？"

交通警望望他俩，又望望自行车，想笑，却绷住了，十分诚恳地告诉小艾："吵。可我们不在大街上吵。"

"那你们在哪里吵？"

"我们只在家里吵。"

"这个我会。"小艾伸出一只手，说："给我钥匙。——我们现在就到你们家吵去。"

交通警知道了，撞上祖宗了。她是姑奶奶。交通警到底没绷住，笑了，替他们把绑在一起的自行车挪到一边，行了一个军礼，说："差不多就行了哈，咱们家夫妻吵架也就两三分钟。快点吵，哈！马上就高峰了。"

下午第二节课的课后，小艾收到了田满的短信，他想在放学之后"和妈妈一起共进早餐"。你瞧这孩子，什么事都粗枝大叶，"晚饭"硬是给他打成"早餐"了，将来高考的时候怎么得了哦。愁人哪。见面之后要好好说说他。说归说，吃饭的事小艾一口回绝了。小艾是一个把金钱看得比鲜血还要瑰丽的女人，她是当妈的，和儿子吃饭总不能 Go dutch(AA 制)吧，只能放血。放血的事小艾不做。打死也不做。

不过小艾最终还是去了。说起来极不体面，是被两个小女生骗过去的。她们假装在放学的路上巧遇小艾，然后就"久仰久仰"了。"久仰"过了就是"崇敬"，"崇敬"完了就想"请她吃顿饭"，主要是想"亲耳聆听"一下她的"教诲"。小艾喜滋滋的，十分矜持地来到肯德基，田满已经安安稳稳地等在那里了。小艾一到，两个小喽啰把小艾丢在田满的面前，走人。小艾气疯了，非常非常地生气。这么一个小小的伎俩她都没有识破，利令智昏哪！就为了一点可怜的虚荣，当然，还有一份可怜的汉堡，丢人了。但是，再丢人小艾也不能批评自己，她厉声责问田满，为什么要采用这种“下三滥的手段”?！田满什么也不说，却从口袋里掏出一样东西，放在了桌面上。他用他的长胳膊一直推到小艾的面前，是一张面值一百元的移动电话充值卡。田满小声说：“这是儿子孝敬妈的。”小艾拿起充值卡，刮出密码，噼里啪啦就往手机上摁。手机最后说：“你已成功充值一百元！”小艾的脸上立即荡漾起了春天的风，她把脑袋伸到田满的跟前，慈祥了，妩媚了，问：“想吃什么呢儿子，妈给你买。”

“我又有了一个妹妹。”田满小声说。

噢——，又有妹妹了。春风还在小艾的脸上，却已经不再荡漾。他又有了一个妹妹了，他这样的“哥哥”一辈子也缺不了“妹妹”的。不过小艾还是从田满的脸上看出来了，这个“妹妹”不同寻常，绝对不是通常意义上的“妹妹”。小艾突然就感到自己有些不自然，虽说是“当妈的”，小艾自己也知道，她吃醋了。也许还有些后悔。当初如果不给他“当妈”，田满会不会追自己呢？难说了。如果追了，拒绝他是一定的。可是，拒绝是一个问题，没能拒绝成却是一个更加严峻的问题。

小艾还没有练就“脸不变色”的功夫，干脆就把脸上的春风赶走了。小艾板起面孔，问：“叫什么？”

“Monika。”

Monika。到底是大明星，“找妹妹”也要走国际化的道路。“恭喜你了。”

田满想说什么，小艾哪里还有听的心思，调头就走。排队的时候小艾回头瞄了一眼田满，田满托住了下巴，失落得很，一脸的忧郁。看起来十有八九是单相思了。小艾想，不知道 Monika 是怎样的人物，能让田满失魂落魄到这样的地步，不是一般的蔻。

吃薯条的时候田满又把话题引到"妹妹"那儿去了。他一边蘸着番茄酱，一边慢悠悠地说："我妹妹——"小艾立即用她的巴掌把田满的话打断了。小艾说："田满，不说这个好不好？妈不想听这些事。"

田满就不说了。"闷"在了那里。小艾承认，田满忧戚的面容实在是动人的，叫人心疼。小艾伸出手去抚摸的心思都有了。

"Monika——"

"田满！不听话是不是？"

乔韦就在这个时候闯进来了，一进来就坐在了小艾的身边。是剑胆琴心的架势。田满丢下薯条，吮过指头，刹那之间就恢复了大明星的本色。田满慢悠悠地合上眼皮，再一次打开的时候附带扫了一趟乔韦。那神情不屑了。田满问小艾："谁呀？"

小艾的心情已经糟透了，乔韦这么一搅，气就更不打一处来。小艾没好气地说：

"你爹。"

田满右边的嘴角缓缓地吊上去了。他的不屑很歪。田满说："我和我妈吃饭，没你的事，给我马上走人。

乔韦是"爹"，理直而又气壮。乔韦说："我和我老婆说话，没你的事，你给我马上走人。"

田满站起来了。乔韦也站起来了。

小艾也只好站起来。小艾说:“你们打吧。什么时候打好了什么时候出来。”

也就是两三分钟,田满和乔韦出来了。他们是一起走出来的,肩并着肩。小艾坐在肯德基门前的台阶上,这刻儿已是说不出的沮丧。她不想再听到任何动静,已经用MP3把耳朵塞紧了。张韶涵《隐形的翅膀》还没有听完,田满已经坐在她的左侧,而乔韦也坐在了她的右侧。小艾拔出耳机,说:“怎么不打呢?多威风哪刚才。”

“不存在。”乔韦说,“我是你老公,他是你儿子。”

田满说:“我们已经是兄弟了。”

两个男人夹着一个女人,就在肯德基门前的阶梯上并排坐着了,一侧是夫妻,一侧是母子,两头还夹着一对兄弟。谁也不说一句话。无论如何,今天的局面混乱了,有一种理不出头绪的苍茫。田满,小艾,还有乔韦,三个人各是各的心思,傻坐着,一起望着马路的对面。马路的对面是一块工地,是一幢尚未竣工的摩天楼。虽未竣工,却已经拔地而起了。脚手架把摩天楼捆得结结实实的,无数把焊枪正在焊接,一串一串的焊花从黄昏的顶端飞流直下。焊花稍纵即逝,却又前赴后继,照亮了摩天大楼的内部,拥挤、错综,说到底又还是空洞的景象。像迷宫。

当天夜里小艾的手机再也没有收到田满的短信。小艾措手不及,可以说猝不及防。小艾的手机一直就放在枕头的旁边,在等。可是,直到凌晨两点,枕头也没有颤动一下。小艾只好翻个身,又睡了。其实在上床之前小艾想把短信发过去的,都打好了,想了想,没发。

他又有妹妹了，还要她这个老娘做什么？说小艾有多么伤心倒也不至于，但小艾的寥落和寡欢还是显而易见的了，一连串的梦也都是恍恍惚惚的，就好像昨天一直都没有过去，而今天也一直还没有开始。可是，天亮了。小艾醒来之后从枕头的下面掏出手机，手机空空荡荡。天亮了，像说破了的谎。

小艾一厢情愿地认为，田满在"三八"妇女节的这天会和她联系。就算他恋爱了，对老妈的这点孝心他应该有。但是，直到放学回家，手机也没有出现任何有价值的消息——看起来她和田满的事就这样了。"三八"节是所有高中女人最为重大的节日，不少女人都能在这一天收到男士们的献花。说到底献花和"三八"没有一点关系，它是情人节的延续，也可以说是情人节的一个变种。一个高中女人如果在情人节的这一天收到鲜花，它的动静太大，老师们，尤其是家长们，少不了会有一番问。"三八"节就不同了，手捧着鲜花回家，父亲问："哪来的？"答："男生送的！"问："送花做什么？"答："嗨，'三八'节嘛！"做父亲的这时候就释然了："你看看现在的孩子！"完了。还有一点也格外重要，情人节送花会把事态弄得过于死板，它的主题思想或段落大意太明确、太直露了，反而会叫人犹豫：送不送呢？人家要不要呢？这些都是问题。选择"三八"节这一天向妇女们出手，来来往往都大大方方。

小艾的"三八"节平淡无奇，就这么过去了。依照小艾的眼光看来，"三八"节是她和田满最后的期限，如果过去了，那就一定过去了。吃晚饭的时候小艾和她的父母坐在一张饭桌上，突然想起了田满，一家子三口顿时就成了茫茫人海。Monika厉害，厉害啊！

过去吧，就让它过去吧，小艾对自己说。对高中的女人们来说，日子是空的，说到底也还是实的，每一个小时都有它匹配的学科。课堂，课堂，课堂。作业，作业，作业。考试，考试，考试。儿子，再见了。但是，一到深夜，在一个日子结束的“那个”时刻，在另外一个日子开始的“那个”时分，小艾还是清清楚楚地看见了时光的裂痕。这裂痕有的时候比手机宽一点，有的时候比手机窄一点，需要“咔嚓”一下才能过得去。不过，说过去也就过去了。儿子，妈其实是喜欢你的。乖，睡吧。做个好梦。Over。

后来的日子里小艾只在上学的路上见过一次田满，一大早，田满和篮球队的队员正在田径场上跑圈。小艾犹豫再三，还是立住了，远远的，站了十几秒钟。田满的样子很不好，耷拉着脑袋，垂头丧气的样子，晃晃悠悠地落在队伍的最后。小艾意外地发现，在田满晃悠的时候，他颀长的身躯是那样的空洞，只有两条没有内容的衣袖，还有两条没有内容的裤管。就在跑道拐弯的地方，田满意外地抬起头来，他们相遇了。相隔了起码有一百米的距离。他们彼此都看不见对方的眼睛，但是，一定是看见了，田满在弯道上转过来的脑袋说明了这个问题。田满并没有挥手，小艾也就没有挥手。到了弯道与直道的连接处，田满的脖子已经转到了极限，只好回过头去了。田满这一次的回头给小艾留下了极其难忘的印象，是一去不复返的样子，更是难舍难分的样子。小艾记住了他的这个回头，他的看不见的目光比他的身躯还要空洞。孩子瘦了。即使相隔了一百米，小艾也能看见田满的眼窝瘦成了两个黑色的窟窿。再不是失恋了吧。不会吧。小艾望着田满远去的背影，涨满了风。小艾牵挂了。小艾捋了捋头发，早晨的空气又冷又潮。儿行千里母担忧啊。

小艾掏出了手机，想给他发个短信，问问。想了想，最终还是她的骄傲占据了上风。却把她的短信发到乔韦的那边去了：老公，儿子似乎不太好，你能不能抽空和他谈谈？

就在进教室的时候，乔韦的回话来了：还是你谈吧，你是当妈的嘛。

小艾走到座位上去，把门外的冷空气全带进来了。她关上手机，附带看了一眼乔韦。乔韦在眨眼睛，在背单词。小艾的这一眼被不少小叔子看在了眼里。小叔子们知道了，女人在离婚之前的目光原来是这样的。只有乔韦还蒙在鼓里。你还眨什么眼睛噢，你还背什么单词噢，嫂子马上就要回到人民的怀抱啦！

田满的出现相当突兀，是四月的第一个星期三。夜间零点十七分，小艾已经上床了，手机突然蠕动起来，吓了小艾一大跳。小艾一摁键，“咣当”一声就是一封短信，是一道行动指令：“嘘——走到窗前，把脑袋伸出来，朝楼下看。”

小艾走到窗前，伸出了脑袋，一看，路灯下面孤零零的就是一个鸡窝头。那不是田满又是谁呢。田满并没有抬头，似乎还在写信。田满最终举起了手机，使用遥控器一样，对准小艾家的窗户把他的短信发出去了。小艾一看，很撒娇的三个字：妈，过来。

小艾喜出望外，蹑手蹑脚的，下楼了，一直走到路灯的底下。田满的上身就靠在了路灯的杆子上，两只手都放在身后。他望着小艾，在笑。小艾背着手,也笑。也许是因为路灯的关系,田满的脸色糟糕得很,近乎土灰,人也分外地疲惫,的确是瘦了。小艾猜出来了,她的乖儿子十有八九被 Monika 甩了,深更半夜的,一定是到老妈这里寻求安慰来了。好吧,那就安慰安慰吧,孩子没爹了,怎么说也得有个妈。不过田满的心情似乎还不错,变戏法似的,手一抬,突然从背后抽出了一束花,有点蔫,一直递到了小艾的跟前。小艾笑笑,犹豫了片刻,接过来了。放在鼻子的下面,清一色是康乃馨。

"你怎么知道我住在这儿?"小艾问。

"我昨天就派人跟踪了。"

小艾叹了一口气,唉,这孩子,改不了他的"下三滥"。

"近来好不好?"小艾问。

"好。"

"Monika 呢?"小艾问,"你的,Monika 妹妹,好不好?"

"好。"田满说。田满这个晚上真是变戏法来了,手一抬,居然又掏出一张相片来了,是一个婴儿,混血,额头鼓到了不可思议的地步。

"谁呀这是?"小艾不解地问。

"Monika。我妈刚生的,才四十来天。

"你妈在哪儿?"

田满用脚后跟点了点地面,说:"那边。"世界"哗啦"一下辽阔了,循环往复,无边无垠。田满犹豫了片刻,说:"我四岁的时候她就跟过去了。"

小艾望着田满,知道了。"是这样。"小艾自言自语说,"原来是这样。”小艾望着手里的康乃馨，不停地点头，不知道说什么好了。小艾说：“花很好。妈喜欢。”

小艾就是在说完“妈喜欢”之后被田满揽入怀中的，很猛，十分地莽撞。小艾一点准备都没有。小艾一个踉跄，已经被田满的胸膛裹住了。田满埋下脑袋，把他的鼻尖埋在小艾的头发窝里，狗一样，不停地嗅。田满的举动太冒失了，小艾想把他推开。但是，小艾没有。就在田满对着小艾的头发做深呼吸的时候，小艾心窝子里头晃动了一下，软了，是疼，反过来就把田满抱住了，搂紧了。小艾的心中涌上来一股浩大的愿望，就想把儿子的脑袋搂在自己的怀里，就想让自己的胸脯好好地贴住自己的孩子。可田满实在是太高了，他该死的脑袋遥不可及。

深夜的拥抱无比地漫长，直到小艾的后背被一只手揪住了。小艾的身体最终是从田满的身上被撕开的。是小艾的父亲。小艾不敢相信父亲能有这样惊人的力气，她的身体几乎是被父亲“提”到了楼上。“谢树达，你放开我！”小艾在楼道里尖声喊道，“谢树达，你放不放开我？！”小艾的尖叫在寂静的夜间吓人了，“他是我儿子！——我是他妈！”

一九七五年的春节

我们乡下人把腊月底的暴风叫作黑风，它很硬、很猛、很冷，棍子一样顶在我们的胸口。怎么说我们的运气好的呢？就在腊月二十二的中午，黑风由强渐弱，到了傍晚，居然平息了，半空中飞舞的稻草、棉絮、鸡毛、枯树叶也全部回落到了地上。我们村一下子就安静了。

这安静是假象。我们村还是喧闹——县宣传大队的大帆船已经靠泊在了我们村的石码头啦。还没有进腊月，大帆船要来的消息就在我们村传开了，人们一直不相信——四年前它来过一次。刚刚过去了四年，大帆船怎么可能再一次光临我们村呢？就在两天前，消息得到了最后的证实，大帆船会来，一定会来。没想到黑风却抢先一步，它在宣传队之前敲起了锣鼓。大帆船它还来得了吗？

人们的担忧是有道理的。这就要说到我们村的地理位置了。我们村坐落在中堡湖的正北，它的南面就是烟波浩渺的中堡湖。这刻大帆船在哪里呢？柳家庄，该死的柳家庄偏偏就在中堡湖的正南。黑风是北风，这一点树枝可以作证，波浪也可以作证，大帆船纵然有天大的本领，它的风帆也不可能逆风破浪。

我们没有想到的是，人定胜天。公社派来了机板船。大帆船摇身一变，成了一条拖挂，就在腊月二十二的一大早，它被机板船活生生地拖到了我们村。大帆船到底来了，全村的人都挤到了湖边——大帆船还是那样，一点都没有变。我们村的人对大帆船的记忆是深刻的，就在四年前，在一场美轮美奂的演出之后，它扯起了风帆，只给我们村留下了一个背影。巨大的风帆被北风撑得鼓鼓的，最终成了浩渺烟波里的一块补丁，准确地说，不是补丁，是膏药。四年来，这块膏药一直贴在我们村的心坎上，既不能消炎，也没有化淤。

我们同样没有想到的是，在人定胜天之后，天还遂了人愿。演出之前，黑风停息了。有没有黑风看演出的感受是完全不一样的——演员们必须背对着风，要不然，演员们说什么、唱什么，你连一个字都别想听清楚。看演员张嘴巴有什么好看的呢，谁的脸上还没有一个热气腾腾的大黑洞呢？演员背对风，观众就只能迎着风，这一来看演出就遭罪了，黑风有巴掌，有指甲，抽在人的脸上虎虎生威。这哪里还是看演出，简直就是找抽。乡下人怕的不是冷，是风，一斤风等于七斤冷哪。

因为腊月二十二的演出，我们村的年三十实际上提前了。黑风平息之后，村子里万籁俱寂，这正是一个好背景。锣鼓被敲响了，说起鼓，就不能不说牛皮。牛皮真是一种十分奇妙的东西，当它长在牛身上的时候，你就是把牛屎敲出来它也发不出那样愤激的声音，可是，牛皮一旦变成鼓，它的动静雄壮了，可以排山、可以倒海，它的余音就是浩浩荡荡，仿佛涵盖了千军万马，真是"鼓"舞人心哪。在鼓声的催促和感召下，我们村的人特别想战斗，做烈士也就是想死的心都有。除了没有敌人，我们什么都准备好了——女声小合唱上来了，男声小合唱上来了，接下来，是男女对唱、数快板、对口词、三句半。意思其实只有一个，我们不缺敌人，我们缺的是发现。所以，我们不能麻痹。我们还是要战斗。要战斗就会有牺牲，一句话，我们都不能怕死。过春节其实是有忌讳的，最大的忌讳就是死。可我们不忌讳。虽说离真正的春节还有七八天，然而，我们已经度过了一个纯洁的、革命的和敢死的春节。我们是认真的。

上了年纪的人都知道，黑风往往只是一个前奏，也是预兆。在风平浪静之后，接下来一定会降温，迎接我们的必将是肃杀而又透彻的酷寒。腊月二十三，这个本该祭灶和掸尘的日子，我们村的人发现，所有的水在一夜之间全都握起了拳头，它们结成了冰。最为壮观的要数中堡湖的湖面了，它一下子就失去了烟波浩渺和波光粼粼的妩媚，成了一块辽阔而平整的冰。经过一夜的积淀，空气清冽了，一粒纤尘都没有。天空晴朗，艳阳高照。在碧蓝的晴空下面，巨大的冰块蓝幽幽的，而太阳又使它发出了坚硬刺目的光芒。一切都是死的，连太阳的反光都充满了蛮荒和史前的气息。

宣传大队的大帆船没有走。它走不了啦。它被冰卡住了，连一艘大帆船本该拥有的摇晃都没有，仿佛矗立在冰面上的木质建筑。这样的结局我们村的人没有想到，也没敢想。雨留不住人，风也留不住人，冰一留就留下了。

我们村的人振奋了，其实也被吓着了——这样的局面意味着什么呢？意味着解冻之前我们村在春节期间天天都可以看大戏。事实上我们高兴得还是太早了，除了二十二夜里的那场演出，宣传大队再也没有登过一次台。演员们的心已经散了，他们眺望着坚硬的湖面，瞳孔里全是冰的反光。因为回不了家，他们忧心忡忡，他们的面庞沮丧而又绝望。大帆船里没有动静，偶尔会传出吊嗓子的声音，也就是一两下，由于突兀、短促，听上去就不像是吊嗓子了，像吼叫，也像号丧。

午饭过后大帆船里突然走出来一个人，是一个女人。她像变戏法似的，自己把自己变出来了。大帆船昨天一早就抵达了我们村，谁也没有见过这个女人，甚至连昨天晚上的演出她都没有露过面。她是从哪里冒出来的呢？女人来到船头，立住脚，眯起眼睛，朝冰面上望了望，随后就走上了跳板。伴随着跳板的弹性，她的身体开始颠簸。因为步履缓慢，她的步调和跳板的弹性衔接上了——这哪里还是上岸，这简直就是下凡。一般说来，下凡的人通身都会洋溢着两种混合的气息，一是高贵，二是倒霉。她看上去很高贵，她看起来也倒霉。但是，无论是高贵还是倒霉，只要一露面，这个女人必定给人以高调出场的意味。旁若无人。她的手上提了一把椅子，她在岸边徐步走来。她往前每走一步，身边的孩子就往后退一步。

女人就把椅子搁在了地上，笃笃定定地坐了上去。她已经晒起了太阳。为了让自己更享受一点，她跷起了二郎腿，附带着把军大衣的下摆盖在了膝盖上。然后，开始点烟。当她夹着香烟的时候，她的食指和中指绷得笔直，而她的手腕是那样地绵软，一翘，和胳膊就构成了九十度的关系，烟头正好对准了自己的肩膀。她这香烟抽的，飞扬了。她不看任何人，只对着冰面打量。因为眼睛是眯着的，眼角就有了一些细碎的皱纹，三十出头了吧。但她的神情却和宣传大队的其他人不同，她的脸上没有沮丧，也没有绝望，无所谓的样子。她只是消受她的香烟，还有阳光。

吸了四五口，或许是过了烟瘾了，女人突然动了凡心，关注起身边的孩子来了。她把清澈的目光从远处的冰面上收了回来，开始端详孩子们的脸。她的脖子和脑袋都没有动，只是缓慢地挪动她的眼珠子。动一下，停一下，一格一格的。女人的眼睛突然在她左侧小女孩的脸上停住了，这一停就是好长的时间。小女孩叫阿花，六岁，我们村民办教师吴大眼的女儿。阿花被女人盯着，有些胆怯。女人把烟头在椅子上摁了两下，装进军大衣的口袋，伸出胳膊，一把抓住了阿花的手腕，一直拽到两条腿的中间。女人用她的两条大腿夹住阿花，把她的两根中指伸得直直的，顶在了阿花的太阳穴上，一左一右地看。最终，打定主意了。她从军大衣的口袋里掏出了几只圆圆的小盒子，还有笔，开始在阿花的脸上画，每一根手指都非常快。我们村的人不知道湖边发生了什么，但是，我们村的人有一个特点，不愿意落下任何事情。这一来围观的人多了。里三层外三层，人们目睹了一个奇迹——民办教师吴大眼六岁的女儿被大帆船上的陌生女人变了戏法，变漂亮了，成了另外一个女孩子。她眨眼的时候居然有声音，啪嗒啪嗒的。阿花怎么会这么漂亮的呢？她瞒过了所有的人，她的爸爸和妈妈都给她瞒过去了。

但是，女人就是不满意。她在修整，这里添一点，那里减一点。还时不时把阿花拽到自己的嘴边，用她的舌尖舔去那些不满意的部分。在阿花的脸上，女人拿自己的舌头当作了抹布。这个出格的举动让阿花很别扭，阿花极度地不自在。在围观的人堆里，阿花开始挣扎，眼眶里都有了泪光。因为挣不脱，阿花对着女人的脸庞突然吐了一口。唾沫挂在了女人的眉梢上，阿花就这么逃脱了。女人望着阿花的背影，一点也没有生气，既不惊慌，也不失措，抿着嘴，只是微笑。一边笑一边把脖子上红色的围巾取下来，很安详地在那里擦。她的模样使我们村的人相信，她早就习惯别人对着她的脸庞吐唾沫了，如果你愿意，你完全可以把她好看的脸庞当作一个微笑的痰盂。

实际上这个女人的微笑并没有持续太久，她的身上冒起了青烟。青烟越来越浓，最终蹿出了火苗。青烟其实已经冒了一阵子了。没有人往心里去罢了。真到了起火的时候，人们这才想起来，是她的烟头让她自己失火了。女人显然也意识到了这一点，这个发现让她开心，她不再是微笑，都笑得咧开嘴巴了。这一笑坏了，我们村的人看到了她的牙，她的每一颗牙齿上都布满了焦黄的烟垢。她不再是下凡的仙女。她开始灭火，她的巴掌镇定地、缓慢地拍向军大衣的口袋，仿佛掸去身上的灰尘。我们村的人知道了，即使她的整个身躯都被熊熊大火裹住了，她的手脚也不会忙乱，着了就着了呗，死得不挺暖和的？

冰冻三尺，非一日之寒。这句话也可以反过来说，冷的日子久了，冰块将会抵达令人震惊的厚度。也就是几天的工夫，中堡湖里的冰块结实了，像浮力饱满的石头。

中堡湖热闹起来。湖面不再是湖面，它成了狂欢的广场。我们村的大人和孩子差不多全都集中到了冰面上，甚至连一些上了岁数的人都凑起了热闹。在冰面上行走是一件令人愉快的事，它给人一种错觉。每个人都觉得自己是水上漂。聪明一点的人甚至产生了这样的想法——冰冻是好事，它能将世界串联起来，因为冰，世界将四通八达。的确，冰应当得到推广和普及，人类最理想的世界就是到处结满了冰。

大白天永远是平庸的。到了夜里头，中堡湖的湖面上迎来了壮丽非凡的气象。无论一九七五年的年底是多么贫穷，家境富裕的人家毕竟还有。家境富裕有一个重要标志，那就是家里有手电筒。冰封的日子里所有的手电筒都一起出动了，不只是我们村，沿岸王家庄、张家庄、柳家庄、高家庄、徐家庄、李家庄的手电筒一起会集在了冰面的四周。手电筒的光是白色的，冰是白色的，而夜晚却一片漆黑，这是一部活生生的黑白电影，光柱把黑夜捅烂了，到处都是白色的窟窿。我们的世界绚烂了，凄凉了；也繁华，也萧索，非常像战乱。

大勇和大智是对孪生兄弟，他们家没有手电筒，他们没有资格走进黑白电影。差不多就在最后一把手电筒撤退之后，兄弟俩提着他们的马灯，悄悄出现在了中堡湖的冰面上。他们是来钓鱼的。北方的冰期长，所以，北方人很早就掌握了冰窟窿里钓鱼的技术，这样原始的技术南方人反而不知道。但大智是知道的，大智读书。书上说，冰底下缺氧，哪里有窟窿哪里就有氧气，哪里有氧气哪里就有鱼。

书上的话是不是真的，大智其实也没有把握。可大智没有选择。眼见就是大年三十了，他们家连一片鱼鳞都还没有看到。大年三十的餐桌上可以没有猪肉，可以没有豆腐，却不能没有鱼。有鱼就是

“有余”,它是好彩口,暗含着祝福与希望。无论日子有多穷,在大年三十的晚上“有余”一下,放在哪里都是一件好事情。

大勇带了一把斧头,还有一把凿子,跟在大智的屁股后头往湖中心走。离开岸才八九十步,大勇胆怯了,毕竟是黑夜里的冰面上。大勇说:“别走了吧,就在这里凿。”一斧头下去,大勇的手滑了,斧头贴着冰面滑向了远方。冰实在是一种美妙的东西,它发出来的声音玲珑而又悠扬,反而把大勇吓了一大跳。大勇这个人就这样,所有好看、好听、好玩儿的东西都能把他吓一跳,有时候连好吃的东西都会把他吓着了。他在吃豆腐的时候就有这毛病,眼睛老是发直。好在他一年也吃不了几回。如果每天都吃,每天都是春节,大勇这孩子一定会得羊角风的。

大勇凿出来的第一个窟窿足足有一口锅那么大。大智说:“费那么大劲儿,你凿那么大做什么?一半就足够了。”大勇压低了声音说:“窟窿大,鱼就大。”

但是,问题又来了。钓鱼的绳子拴在哪里呢?大勇提起马灯照了照,冰面上居然没有一棵树。大勇苦恼了。大智把绳子放在水里蘸了蘸,随手丢在了冰面上。大勇说:“得拴在什么地方。”大智说:“拴上了,水把它拴在冰上呢。”

大勇一口气开了十一个窟窿。就在打算歇口气的光景,大勇不动了,他直起身子,拽了拽大智的胳膊。大智回过头,突然看到了一样东西,一个猩红色的亮点。似乎很近,似乎又很远,一点把握都没有。也就是闪了那么一下,猩红色的亮点却又没了。冰面上黑咕隆咚,天空中黑咕隆咚。马灯就在大勇的脚边,但是,它的灯光只够在冰面上画一个圆圈，这就是说，马灯照亮的只能是自己，而不是远方和别人，这就让人心里头没底了。兄弟俩在这个时刻多么希望自己能有一把手电筒，他们对视了一眼，说时迟，那时快，猩红色的亮点再一次闪光了，这一次红得格外艳。大智本想走上去看看的，被大勇一把拽住了，大勇说："还是走吧。"

饥不择食，贫不择妻，比这更严重的就是慌不择路。就因为短暂的慌张，大勇和大智在冰面上迷路了。头上是黑漆漆的天，脚下是白花花的冰，他们彻底失去了参照。亏了年轻，亏了昨晚上吃得足，他们总算没有被冻僵。天亮之后，他们依靠大帆船的桅杆找到了村庄，他们其实并没有走多远。他们自以为走遍了千山万水，其实，他们只是在家门口溜达了一夜。迷路的人往往就是这样，他们在前进，本能却让他们选择盘旋，等他们明白了过来。唯一的安慰就是尽力了，他们业已抵达起点，并有效地消耗了全部的能量——好在昨天夜里的垂钓有了收获，十一只渔钩居然钓着了九条鱼，三条鳞鱼，四条鲫鱼，一条草鱼，一条鲤鱼。这是振奋人心的。等他们收好鱼，半个太阳也出来了。这是一次神奇的日出，足以让大勇目瞪口呆——半个太阳摇摇晃晃，光芒无比鲜嫩，它们涂抹在冰面上，巨大的冰面一片酡红，整个世界一片酡红，分外妖娆。

就在这样的妖娆里，大智有了意外的发现，一把椅子孤零零地摆放在中堡湖的湖面上，它的背正对着大帆船。就在平整而又光滑的酡红里，这把椅子突兀了，散发出非人间的气息。大智估算了一下，椅子离冰窟窿的距离大概也就是四五十米。大智滑过去——这是一把普通的椅子，左侧的冰面上丢了五六个烟头，已经冻住了。这一看大智就全明白了，×他妈的，全是那个满嘴烟牙的女人做的鬼，她真是一个二百五，好好的大帆船她不待，神神道道地来到冰天雪地里抽什么烟！要不是她的嘴里冒出鬼火，他和大勇也不至于有这一夜——亏了没有下雪，要不然，他们弟兄俩真的就成了冻死鬼了。

女人再一次在大伙儿面前出现的时候已经是大年初一的上午了，依照惯例，村子里响起了爆竹的爆炸声。孩子永远是最聪明的，他们来到了湖面，他们把爆竹横在了冰面上，“嘣”的一声，爆竹贴着冰面滑行而去，然后，“啪”的一声，在很远的地方炸开了。大年初一真是一个晴朗的好日子，天气晴朗得不知道怎么夸才好。只是一顿饭的工夫，湖边的冰面上就面目全非了，黑色的爆炸点、红色的纸屑散落得到处都是。这正是春节的气象，像战后。芬芳的硝烟，血色的碎纸片，喜庆，苍凉，冰的坚硬反光。

大帆船的内部突然响起了一阵锣鼓声，开始还有板眼，能听得出彼此的协作，也就是一会儿，锣、鼓、钵、镲相互间就失去了配合，成了声音与声音之间的混斗——这哪里还是敲锣打鼓呢，听上去怒气冲冲。

女人就在这片杂乱的锣鼓声里走出了船舱。我们村的人终于知道了，这个女人的活动是被严格控制的，尤其是白天。她的双脚永远有一条看不见的镣铐。她之所以看上去那样“有派头”，是因为她虽然“想改”，但她“从小练的就是这个”，实在“改不掉”。和上一次不一样，这一次出舱她倒是没有拿腔拿调，从她行走的样子来看，她仿佛是有目的的，完成什么任务一样。她的身上还是那件军大衣，右侧的口袋边却有一个洞，周边都是烧焦的痕迹。脖子上是红围巾，左手则提着一把椅子。她把椅子放下来，对着冰面上的孩子们拍了拍巴掌，示意他们站队。她的举动意义不明，没有人知道她要干什么。但是，这个女人很快就让我们村的女孩子们知道她的意思了，她已经开始给第一个女孩子化妆了。周遭的女孩子们刚一明白就围了上来，她们很自觉地在女人的椅子前面站好了队，神色庄严，表情严肃，一点也不再害羞。第一个化好妆的女孩上岸了，她其实是显摆去的。一个女孩子的显摆往往具有不可思议的辐射力，它是最有效、最直接、最深入的宣传。我们村所有的女孩子、部分大姑娘、少许已婚妇女在第一时间得到了这个震撼人心的消息，她们没有犹豫，她们就是想揭开生命里最大的秘密——我会漂亮到何等地步。她们来到女人的面前，队伍越拉越长。

——这个大年初一独特了，我们村无限地妖媚。化了妆的女孩子们以一种史无前例的妩媚穿梭在巷口与巷口之间，她们像天外的来客，千树万树梨花开。她们是她们，但她们不再是她们，只有她们自己相信，这才是真正的她们。即便洗一次脸就足以让她们的生活回到从前，但是，那又怎么样呢？镜子与水缸会记得这一切。

民办教师吴大眼的女儿阿花到底还是出现了。她在大年初一的上午穿上了新褂子，虽然裤子和鞋子都是旧的，洗得却相当干净了。她其实不敢来，但是，在她得到消息之后，她小小的心坎儿里萌发了阻挡不住的愿望。她想再化一次妆。这个小小的愿望是一片小绿芽，却足以掀翻头顶上的石头。她来到了中堡湖，夹在人缝里，头都没敢抬。她在等，她的心思复杂了，主要是矛盾。阿花害怕那个女人，然而，阿花又必须走近那个女人。

女人其实已经看见阿花了，却装着没有看见。她甚至都没有看阿花一眼。她在忙。一张又一张俏丽的面孔在她的面前诞生了，消失了，又诞生了，又消失了。她的手是那样的利落，在我们村的女孩子看来，她的手鬼魅莫测，不只是扭转乾坤，还可以改天换地。阿花望着她的手，紧张得都想哭。

再有两个人就该轮到阿花了。女人长叹了一口气，丢下了手里的化妆盒。她点上一支烟，随后就把她的眼睛闭上了。她就那么闭着她的眼睛，睡觉那样，一口一口吸着手里的香烟。四五口之后，她把烟掐了，睁开了眼睛。眼睛一睁开她的目光就跳过了面前的两个女孩，直接找到了阿花，她在微笑。她的巴掌伸向了阿花，四根手指并拢起来，再往上跷。

阿花没敢动。女人就探过上身，拽住了阿花的袖口。阿花知道还没有轮到自己，不肯，屁股不停地往后拱。但是她忘了，她的脚下是冰。随着女人的拉扯，阿花一点一点滑过来了，她到底被女人拉到了面前。阿花前面的两个女孩显然没有料到这样的情形，她们很失望，嘟囔说："该是我们了。"

女人没有听见。她耳中无人，她目中无人。到了这会儿我们村的人才知道，这个女人在大年初一的上午所做的一切都是假的，目的只有一个，把阿花招惹过来。女人把阿花夹紧之后就敞开了军大衣的衣襟，一下子就把阿花裹在怀里。她闭上了眼睛，上身开始摇晃。当她再一次睁开眼睛的时候，她的嘴巴对准了阿花的左耳。她的嘴唇在动。她在轻声地对耳朵说些什么。显然，她的号召没有得到阿花的响应，她就不停地重复。阿花又一次在她的怀里反抗了。阿花的反抗顿时就让女人失去了耐心，女人的嗓门儿突然大了，几乎就是尖叫。我们村的人都听见了，她对阿花说的是："叫！叫我妈妈！"

阿花显然被吓着了，这一次她没有吐唾沫，阿花对准女人的脖子就是一口，还好，没有出血。阿花又一次成功地逃脱了。和上一回不一样，阿花的这一口似乎让女人受到了沉重的一击，她高挑的眼角似乎掉落下来了。这个细微的变化使她的高贵只剩下百分之十，而倒霉的迹象在顷刻间就上升到了百分之九十。女人显然是不甘心的，她站了起来，一个滑步就追上阿花。她像老鹰捉小鸡那样张开了翅膀，她拦在阿花的前头，终止了阿花上岸的企图。她的脸上已经恢复了笑容，很巴结的样子，露出了不该有的贱相。

但阿花坚持不让她再碰自己，她只能往湖中心的方向后退。我们村的人看着一大一小的两个女人在冰面上滑向了远处。女人终于再一次滑到了阿花的前面，她回过头来，开始给阿花作各式各样的表演。女人脱下了她的军大衣，红围巾也撂在了冰面上。她先是在冰面上打了几个滚儿，然后再爬起来，冲着阿花做了许许多多的鬼脸。女人终于在冰面上开始她的表演了，她跷起了一条腿，绷得笔直的，立在冰面上的那条腿同样绷得笔直的，在她张开胳膊之后，她的身体就与冰面平行了，她像一只没有来历的燕子，在飞，冰就是她辽阔的天空。

两个人的嬉戏持续了相当长的一段时间，看起来她们还说了一些什么。女人到底有她的办法，就在刀锋一样的反光里，大女人和小女人之间的隔阂似乎消融了。阿花看起来已经被大女人说动了。人们看见大女人从军大衣的口袋里摸出了小盒子，弓下腰，对着小女人伸出了她的双臂。她在等。她要让阿花亲自走进她的怀抱。阿花还是怯生生的，但是，终于往女人的身边慢慢地挪动了。女人似乎特别享受这样的过程，她没有接住阿花，为了延长这个开心的时刻，她故意避让了，在向后滑。

阿花最终并没有抵达女人的怀抱。也就是一眨眼，女人在冰面上消失了。这个女人真的会变戏法，她能把自己变出来，她也能将自己变没了。再一个眨眼，我们村的人明白过来了，女人掉进了冰窟窿。我们村的人蜂拥上去。冰是透明的，我们村的人看见女人的身体横在了水里，正在冰的下面剧烈地翻卷。湖水有它的浮力，想把她托上来，但是，在冰的底下，湖水的浮力似乎也无能为力。我们村的人只能看，无从下手。我们村的人看见女人的身体慢慢地翻了过来，她的眼睛在和阿花对视；她的嘴巴在动，迅速地一张一翕。从她张嘴的幅度来看，不可能在对阿花耳语。她应该在尖叫。可是，她在说什么呢？又过了一会儿，女人的脸贴到冰面的背部了。冰把女人的眼睛放大到了惊心动魄的地步。随后，女人的头发漂浮了起来，软绵绵的，看上去却更像竖在她的头顶。

大雨如注

一

丫头不像她的母亲，也不像她的父亲，她怎么就那么好看呢！大院里粗俗一点的玩笑是这么开的："大姚，不是你的种啊。"大姚并不生气，粗俗的背后是赞美，大姚哪里能听不出来？他的回答很平静："转基因了嘛。"

大姚是一位管道工，因为是师范大学的管道工，他在措辞的时候就难免有些讲究。大姚很在意说话——教授他见得多了，管道工他见得更多，这年头一个管道工和一个教授能有什么区别呢？似乎也没有。但区别一定是有的，在嘴巴上。不同的嘴说不同的话，不同的手必然拿不同的钱。舌头是软玩意儿，却是硬实力。

大姚和他的父亲一样，是一个有脑子的人。作为父亲，他希望别人夸他的女儿漂亮，可也不希望别人仅仅停留在"漂亮"上。大姚说："一般般。主要还是气质好。"大姚的低调其实张狂，他铆足了力气把别人的赞美往更高的层面上引。所以说,两种人的话不能听:做母亲的夸儿子;做父亲的夸女儿。都是脸面上淡定、骨子里极不冷静的货。

大姚夸自己的女儿“气质好”倒也没有过,姚子涵四岁那一年就被母亲韩月娇带出去上“班”了。第一个班就是舞蹈班,是民族舞。舞蹈这东西可奇怪了,它会长在一个孩子的骨头缝里,能把人“撑”起来。什么叫“撑”起来呢?这个也说不好,可你只要看一眼就知道了,姚子涵的腰部、背部和脖子有一条隐性的中轴,任何时候都立在那儿。

姚子涵的身上还有许多看不见的东西——她下过四年围棋,有段位。写一手明媚的欧体。素描造型准确。会剪纸。“奥数”竞赛得过市级二等奖。擅长演讲与主持。能编程。古筝独奏上过省台的春晚。英语还特别棒,美国腔。姚子涵念“water”的时候从来不说“喔特”,而是蛙音十足的“瓦特儿”。姚子涵这样的复合型人才哪里还是“棋琴书画”能够概括得了的呢?最能体现姚子涵实力的还要数学业:她的成绩始终稳定在班级前三、年级前十。这是骇人听闻的。附属中学初中部二年级的同学早就不把姚子涵当人看了,他们不嫉妒,相反,他们怀揣着敬仰,一律把姚子涵同学叫作“画皮”。可“画皮”决不2B,站有站相,坐有坐姿,亭亭玉立,是文艺青年的范儿。教导主任什么样的孩子没见过?不要说“画皮”,“人妖”和“魔兽”他都见过。但是,公正地说,无论是“人妖”还是“魔兽”,发展得都不如“画皮”这般全面与均衡。教导主任在图书馆的拐角处拦住“画皮”,神态像“画皮”的粉,问:“你哪里有那么多时间和精力呢?”偶像就是偶像,回答得很平常:“女人嘛,就应该对自己狠一点。”

姚子涵对自己非常狠,从懂事的那一天起,几乎没有浪费过一天的光阴。和所有的孩子一样,这个狠一开始也是给父母逼出来的。可是,话要分两头说,这年头哪有不狠的父母? 都狠,随便拉出来一个都可以胜任副处以上的典狱长。结果呢?绝大部分孩子不行,逼急了能冲着家长抄家伙。姚子涵却不一样,她的耐受力就像被鲁迅的铁掌挤干了的那块海绵,再一挤,还能出水。大姚在家长会上曾这样控诉说:“我们也经常提醒姚子涵注意休息,她不肯啊!”——这还有什么可说的。

二

米歇尔很守时。上午十点半,她准时出现在了大姚家的客厅里。大姚和米歇尔的相识很有趣, 他们是在图书馆的女卫生间里认识的。大姚正在女卫生间里换水龙头,米歇尔叼着香烟,一头闯了进来,还没来得及点火,突然发现女卫生间里站着一个大个子的男人。米歇尔吓了一大跳,慌忙说了一声“堆(对)不起”,退出去了。只过了几秒钟,米歇尔晃悠悠地折回来了。她用左肩倚住门框,右手夹着香烟,扛到肩膀上去了,很挑衅地说:“甩(帅)哥,想吃豆腐吧? ”嗨,这个洋妞,连“吃豆腐”她都会说了。大姚说:“我不在卫生间吃东西,也不在卫生间抽烟。”大姚说话的同时指了指身上的天蓝色工作服,附带着用扳手敲了一通水管,误会就这么消除了。米歇尔有些不好意思,她把香烟卷在掌心,说:“本宫错了。”大姚笑笑,看出来了,是个美国妞,很健康,特自信,二十出头的样子,是个长不大的、爱显摆的活宝。大姚说:“知错能改,还是好同志。”

人和人就是这样的,一旦认识了,就会不停地见面。大姚和米歇尔在“卫生间事件”之后起码见过四五次,每一次米歇尔都兴高采烈,大声地把大姚叫作“甩(帅)哥”,大姚则竖起大拇指,回答她“好同志”。

暑假之前大姚在一家煎饼铺子的旁边又和米歇尔遇上了。大姚握住手闸,一只脚撑在地上,把她挡住,直截了当,问她暑假里头有什么打算。米歇尔告诉大姚,她会一直留在南京,去昆剧院做义工。大姚对昆剧没兴趣,说:“我想和你谈笔生意。”米歇尔吊起眉梢,把大拇指、中指和食指撮在一起,捻了几下——“你是说,沈(生)意?”

大姚说:“是啊,生意。”

米歇尔说:“我没做过沈(生)意了。”

大姚想笑,外国人就这样,说什么都喜欢加个“了”。大姚没有笑,说:“很简单的生意。我想请你陪一个人说话。”

米歇尔不明白,不过马上就明白了——有人想练习英语口语,想来是这么回事。

“和谁?”米歇尔问。

“一位公主。”大姚说。

美国佬真够呛,他们从来都不能把问题存放在脑袋里,慢慢盘,细细算,非得堆在脸上。经过嘴角和眉梢的一番运算,米歇尔知道“公主”是什么意思了。她刻意用生硬的“鬼子汉语”告诉大姚:“我的明白,皇上!”

不过,米歇尔即刻把她的双臂抱在乳房的下面,盯着大姚,下巴慢慢地挪到目光相反的方向。她刻意做出风尘气，调皮着："我很贵了，你的明白？"

大姚哪能不知道价格，他压了压价码，说："一小时八十。"

米歇尔说："一百二。"

"一百。"大姚意味深长地说，"人民币很值钱的——成交？"

米歇尔当然知道了，这年头人民币很值钱的了，一小时一百了，说说话了，很好的价格了，米歇尔满脸都是牙花："为什么不呢？"

客厅里的米歇尔依旧是一副快乐的样子，有些兴奋，不停地搓手，她的动态使她看上去相当"大"，客厅一下子就小了。大姚十分正式地让她和公主见了面。公主在小学毕业的那个暑假接受过很好的礼仪训练，她的举止相当好，得体，高贵，只是面无表情，仿佛被米歇尔"挤"了一下。大姚注意到了，女儿的脸上历来没有表情，她的脸和内心没关系，永远是那种"还行"的样子。高贵而又肃穆的公主把米歇尔请进了自己的闺房，大姚替她们掩上门，却留了一道门缝。他想听。听不懂才更要听。对一个做父亲的来说，还有什么比听不懂女儿说话更有成就感的呢？大姚津津有味的，世界又大又奇妙。

大姚忙里偷闲，对着老婆努努嘴，韩月娇会意了。这个师范大学的花匠套上袖套，当即包起了饺子。昨天晚上这对夫妇就商量好了，他们要请美国姑娘"吃一顿"。大姚和他的老子一样，精明，从来不做亏本的买卖。他的小算盘是这么盘算的：他们请米歇尔做家教的时间是一个小时，可是，如果能把米歇尔留下来吃一顿饺子，女儿练习口语的时间实际上就成了两小时。

大姚早就琢磨女儿的口语了。女儿的英语超级棒,大考和小考的成绩在那儿呢,错不了。可是,就在去年,吃午饭的时候,大姚无意之中瞥了一眼电视,是一档中学生的英语竞赛节目。看着看着,大姚恍然大悟了——姚子涵所谓的“英语好”,充其量也只是落实在“手上”,远远没有抵达“舌头”,换句话说,还不是“硬实力”。大姚和韩月娇一起盯住了电视机。这一看不要紧,一看,大姚和韩月娇都上瘾了。作为资深的电视观众,大姚、韩月娇和全国人民一样,都喜欢一件事,这件事叫“PK”。这是一个“PK”的年头,唱歌要“PK”,跳舞要“PK”,弹琴要“PK”,演讲要“PK”,连相亲都要“PK”,说英语当然也要“PK”。就在少儿英语终极“PK”的当天,大姚诞生了“好孩子”的新标准和新要求,简单地说:一、能上电视;二、经得起“PK”。这句话还可以说得更加明朗一点:经历过“PK”能“活到最后”的孩子才是真正的好孩子,倒下去的最多只能算个“烈士”。

入夜之后大姚和韩月娇开始了他们的策划,他们是这样分析的:由于他们的疏忽,姚子涵在小学阶段并没有选修口语班,如果以初中生的身份贸然参加竞赛,“海选”能否通过都是一个问题。但是没关系。只要姚子涵在初中阶段开始强化,三年之后,或四年之后,作为一个高中生,姚子涵一样可以在电视机里酝酿悲情,她会答谢她的父母的。一想起姚子涵“答谢父母”这个动人的环节,韩月娇的心突然碎了,泪水在眼眶里头直打圈——她和孩子多不容易啊,都不容易,实在是不容易。

几乎就在米歇尔走出姚子涵房门的同时，韩月娇的饺子已经端上饭桌了。韩月娇从来没有和国际友人打过交道，似乎有些不好意思。不好意思有时候反而就是莽撞，她对米歇尔说："吃！饺子！"大姚注意到了，米歇尔望着热气腾腾的饺子，吃惊的程度一点也不亚于女厕所的那一次，脸都涨红了。米歇尔张开她的长胳膊，说："这怎么好意思了！"听到米歇尔这么一说，大姚当即就成外交部的发言人了，中国人民的文化立场他必须阐述。大姚用近乎肃穆的口吻告诉米歇尔："中国人向来都是好客的。"

"党(当)然，"米歇尔说，"党(当)然。"米歇尔似乎也肃穆了，她重申："党(当)然。"

米歇尔却为难了。她有约。她在犹豫。米歇尔最终没能斗得过饺子上空的热气，她掏出手机，对朋友说，她要和三个中国人开一个"小会"了，她要"晚一会儿才能到"了。嗨，这个美国妞，也会撒谎了，连撒谎的方式都带上了地道的中国腔。

这顿饺子吃得却不愉快。关键的一点在于，事态并没有朝着大姚预定的方向发展。就在宴会正式开始之前，米歇尔发表了一大堆的客套话，当然，用的是汉语。大姚便看了女儿一眼，其实是使眼色了。姚子涵是冰雪聪明的，哪里能不明白父亲的意思。她立即用英语把米歇尔的话题接了过来。米歇尔却冲着姚子涵妩媚地笑了，她建议姚子涵"使用汉语"。她强调说，在"自己的家里"使用外语对父母亲来说是"不礼貌的"。当然，米歇尔也没有忘记谦虚："我也很想向你学习罕(汉)语了。"

这可是大姚始料未及的。米歇尔陪姚子涵说英语，大姚付了钱的。现在倒好，姚子涵陪米歇尔说汉语，不只是免费，还要贴出去一顿饺子。这是什么事？

韩月娇迅速地瞥了丈夫一眼。大姚看见了。这一眼自然有它的内容。责备倒也说不上，但是，失望不可避免——大姚算计到自己的头上来了。

米歇尔一离开，大姚就发飙了。他想骂娘，可是，在女儿的面前，大姚也骂不出来，沉默寡言的女儿在任何时候都对大姚有威慑力。这让他很憋屈。憋屈来憋屈去，大姚的痛苦被放大了。大姚毕竟在高等学府工作了十多年，早就学会从宏观视角看待自己的痛苦了。大姚很沉痛，对姚子涵说："弱国无外交——为什么吃亏的总是我们？"

韩月娇只能冲着剩余的几个饺子发愣。热腾腾的气流已经没有了，饺子像尸体，很难看。姚子涵却转过身，捣鼓她的电脑和电视机去了。也就是两三分钟，电视屏幕上突然出现了姚子涵与米歇尔的对话场面，既可以快进，也可以快退，还可以重播——刻苦好学的姚子涵同学已经把她和米歇尔的会话全部录了下来，任何时候都可以拿出来模仿和练习。

大姚盯着电视，开心了，是那种穷苦的人占了便宜之后才有的大喜悦。因为心里头的弯拐得过快、过猛，他的喜悦一样被放大了，几乎就是狂喜。大姚紧紧搂住女儿，没轻没重地说："祖国感谢你啊！"

三

晚上七点是舞蹈班的课。姚子涵没有让母亲陪同。她一个人骑着自行车，出发了。韩月娇虽说是个花匠，几乎就是一个闲人，她唯一的兴趣和工作就是陪女儿上“班”。姚子涵小的时候那是没办法，如今呢？韩月娇早就习惯了，反过来成了她的需要。然而，暑假刚刚开始，姚子涵明确地用自己的表情告诉他们，她不允许他们再陪了。大姚和韩月娇毕竟是做父母的，女儿的脸上再没有表情，他们也能从女儿的脸上知道自己该做什么。

凉风习习，姚子涵骑在自行车上，心中充满了纠结。她不允许父母陪同其实是事出有因的，她在抱怨，她在生父母的气。同样是舞蹈，一样地跳，母亲当年为什么就不给自己选择国际标准舞呢？姚子涵领略“国标”的魅力还是不久前的事。“国标”多帅啊，每一个动作都咔咔咔的，有电。姚子涵只看了一眼就爱上了。她咨询过自己的老师，现在改学“国标”还行不行？老师的回答很模糊，也不是不可以。但是，动作这东西就这样，练到一定的火候就长在身上了，练得越苦，改起来越难。姚子涵在大镜子面前尝试着做过几个“国标”的动作，不是那么回事。过于柔美、过于抒情了，是小家碧玉的款。

还有古筝。他们当初怎么就选择古筝了呢？从什么时候开始的呢？姚子涵开始痴迷于“帅”，她不再喜爱在视觉上“不帅”的事物。姚子涵参加过学校里的一场音乐会，拿过录像，一比较，她的独奏寒碜了。古筝演奏的效果甚至都不如一把长笛。更不用说萨克斯管和钢琴了。既不颓废,又不牛掰。姚子涵感觉自己猥琐了,上不了台面。

傍晚的风把姚子涵的短发撩起来了,她眯起了眼睛。姚子涵不只是抱怨,不只是生气,她恨了。他们的眼光是什么眼光?他们的见识是什么见识? ——她姚子涵吃了多少苦啊。吃苦她不怕, 只要值。姚子涵最郁闷的地方还在这里:她还不能丢,都学到这个地步了。姚子涵就觉得自己亏。亏大发了。她的人生要是能够从头再来多好啊,她自己做主,她自己设定。现在倒好,姚子涵的人生道路明明走岔了,还不能踩刹车,也不能松油门。飙吧。人生的凄凉莫过于此。姚子涵一下子就觉得老了,凭空给自己的眼角想象出一大堆的鱼尾纹。

说来说去还是一个字,钱。她的家过于贫贱了。要是家里头有钱,父母当初的选择可能就不一样了。就说钢琴吧,他们买不起。就算买得起,钢琴和姚子涵家的房子也不般配,连放在哪里都是一个大问题。

但是,归根结底,钱的问题永远是次要的,关键还是父母的眼光和见识。这么一想,姚子涵的自卑涌上来了。所有的人都能够看到姚子涵的骄傲,骨子里,姚子涵却自卑。同学们都知道,姚子涵的家坐落在师范大学的"大院"里头,听上去很好。可是,再往深处,姚子涵不再开口了——她的父母其实就是远郊的农民。因为师范大学的拆迁、征地和扩建,大姚夫妇摇身一变,由一对青年农民变成师范大学的双职工了。为这事大姚的父亲可没少花银子。

自卑就是这样,它会让一个人可怜自己。姚子涵,著名的"画皮",百科全书式的巨人,觉得自己可怜了。没意思。特别没意思。她吃尽了苦头,只是为自己的错误人生夯实了一个错误的基础。回不去的。

多亏了这个世上还有一个“爱妃”。“爱妃”和姚子涵在同一个舞蹈班,“妖怪”级的二十一中男生,挺爷们儿的。可是,舞蹈班的女生偏偏就叫他“爱妃”。“爱妃”也不介意,笑起来红口白牙。

姚子涵和“爱妃”谈得来倒也不是什么特殊的原因,主要还是两个人在处境上的相似。处境相似的人未必就能说出什么相互安慰的话来,但是,只要一看到对方,自己就轻松一点了。“爱妃”告诉姚子涵,他最大的愿望就是发明一种时空机器,在他的时空机器里,所有的孩子都不是他们父母的,相反,孩子拥有了自主权,可以随意选择他们的爹妈。

下“班”的路上姚子涵和“爱妃”推着自行车,一起说了七八分钟的话。就在十字路口,就在他们分手的地方,大姚和韩月娇把姚子涵堵住了。他们两人十分局促地挤在一辆电动自行车上,很怪异的样子。姚子涵一见到他们就不高兴了,又来了,说好了不要你们接送的。

姚子涵的不高兴显然来得太早了,此时此刻,不高兴还轮不到她。她一点都没有用心地看父亲和母亲的表情。实际的情况是这样的,韩月娇神情严峻,而大姚的表情差不多已经走样了。

“你什么意思?”大姚握紧刹车,劈头盖脸就是这样一句。

“什么什么意思?”姚子涵说。

“你不让我们接送是什么意思?”大姚说。

“什么我不让你们接送是什么意思？”姚子涵说。

这样的车轱辘话毫无意思，大姚直指问题的核心——“谁允许你和他谈的？”大姚还没有来得及等待姚子涵的回答，即刻又追问了一句：“谁允许你和他谈的？”

姚子涵并没有听懂父亲的话，她望着父亲。大姚很克制，但是，父亲的克制极度脆弱，时刻都有崩溃的危险。

和课堂上一样，姚子涵是不需要老师问到第三遍的时候才能够理解的。姚子涵听懂父亲的话了，她扶着车头，轻声说：“对不起，请让开。”

和大姚的雷霆万钧比较起来，姚子涵所拥有的力气最多只有四两。奇迹就在这里，四两力气活生生地把万钧的气势给拨开了。她像瓶子里的纯净水一样淡定，公主一般高贵，公主一般气定神闲，高高在上。

女儿的傲慢与骄傲足以杀死一个父亲。大姚叫嚣道：“不许你再来！”这等于是胡话，他崩溃了。

姚子涵已经从助力车的旁边安安静静地走过了。可她突然回过了头来，这一次的回头一点也不像一个公主了，相反，像个市井小泼妇。“我还不想来呢，”姚子涵说，她漂亮的脸蛋涨得通红，她叫道，“有钱你们送我到‘国标’班去！”

姚子涵的背影在路灯的底下消失了，大姚没有追。他把他的电动自行车靠在了马路边上，人已经平静下来了。可平静下来的难过才真的难过。大姚望着自己的老婆，像一条出了水的鱼，嘴巴张开了，闭上了，又张开了，又闭上了。女儿到底把话题扯到"钱"上去了，她终于把她心底的话说出来了，这是迟早的事。随着丫头年纪的增长，她越来越嫌这个家寒碜了，越来越瞧不起他们做父母的了，大姚不是看不出来。他有感觉，光上半年大姚就已经错过了两次家长会了。大姚没敢问，他为此生气，更为此自卑。自卑是一块很特殊的生理组织，下面都是血管，一碰就血肉模糊。

大姚难受，却更委屈。这委屈不只是这么多年的付出，这委屈里头还蕴含着一个惊人的秘密：大姚不是有钱人，可大姚的家里有钱。这句话有点饶舌了，大姚真的不是有钱人，可大姚的家里真的有钱。

大姚的家怎么会有钱的呢？这个话说起来远了，一直可以追溯到姚子涵出生的那一年。这件事既普通又诡异——师范大学征地了。师范大学一征地，大姚都没有来得及念一句"阿弥陀佛"，就立地成佛了。大姚相信了，这是一个诡异的时代，这更是一片诡异的土地。

这得感谢大姚的父亲，老姚。这个精明的老农民早在儿子还没有结婚的时候就发现了：城市是新婚之夜的小鸡鸡，它大了，还会越来越大，迟早会戳到他们家的家门口。他们家的宅基地是宝，不是师范大学征，就是理工大学征；不是高等学府征，就是地产老板征。一句话，得征。其实，知道这个秘密的又何止老姚一个人呢？都知道。问题是，人在看到"钱景"的时候时常失去耐心，好动，喜欢往钱上扑，一扑，你就失去位置了。他告诉自己的儿子，哪里都不能去，挣来的钱都是小钱，等来的才是大家伙。靠流汗去挣钱，是天下最愚蠢的办法——有几个有钱人是流汗的?你就坐在那里,等。他坚决摁住了儿子进城买房的愚蠢冲动,绝不允许儿子把户口迁到城里去。他要求自己的儿子就待在远郊的姚家庄,然后,一点一点地盖房子。再然后呢,死等,死守。"我就不信了,"老农民说,"有钱人的钱都是自己挣来的?"

大姚的父亲押对了,赌赢了。他的宅基地为他赢钱了。那可不是一般的钱,是像模像样的一大笔钱,很吓人。赢了钱的老爷子并没有失去冷静,他把巨额财产全部交给了儿子,然后,说了三条:一、人活一辈子都是假的,全为了孩子,我这个做父亲的让你有了钱,我交代了。二、别露富。你也不是生意人,有钱的日子要当没钱的日子过。三、你们也是父母,你们也要让你们的孩子有钱,可他们那一代靠等是不行的,你们得把肚子里的孩子送到美国去。

大姚不是有钱人,但是,大姚家有钱了。像做了一个梦,像变了一个戏法。大姚时常做数钱的梦,一数,自己把自己就吓醒了。每一次醒来大姚都挺高兴,也累,回头一想,却更像做了一个噩梦。

——现在倒好,你个死丫头,你还嫌这个家寒碜了,还嫌穷了。你懂什么哟?你知道生活里头有哪些弯弯绕?说不得的。

韩月娇也挺伤心,她在犹豫:"要不,今晚就告诉她,咱们可不是穷人家。"

"不行,"大姚说,在这个问题上大姚很果断,"绝对不行。贫寒人家出俊才,纨绔子弟靠不住。我还不了解她?一告诉她她就泄了气。她要是不努力,屁都不是。"

可大姚还是越想越气，越气越委屈。他对着杳无踪影的女儿喊了一声："我有钱！你老子有钱哪！"

终于喊出来了，可舒服了，可过了瘾了。

一个过路的小伙子笑笑，歪着头说："我可全听见了哈。"

四

哎，这个米歇尔也真是，就一个小时的英语对话，非得弄到足球场上去。这么大热的天，也不怕晒。丫头平日里最怕晒太阳了，可她拉着一张脸，执意要和米歇尔到足球场上去。还是气不顺，执意和父母亲过不去的意思。行，想去你就去。反正家里的气氛也不好，死气沉沉的。只要你用功，到哪里还不是学习呢？

艳阳当头，除了米歇尔和姚子涵，足球场空无一人。虽说离家并不远，姚子涵却从来不到这种地方来的。姚子涵被足球场的空旷吓住了，其实是被足球场的巨大吓住了，也可以说，是被足球场的鲜艳吓住了。草皮一片碧绿，碧绿的四周则是酱红色的跑道，而酱红色的跑道又被白色的分界线割开了，呼啦一下就到了那头。最为缤纷的则要数看台，一个区域一个色彩。壮观啊，斑斓啊，恢宏啊。姚子涵打量着四周，有些晕，想必足球场上的温度太高了。

米歇尔告诉姚子涵，她在密歇根是一个"很好的"足球运动员，上过报纸呢。她喜欢足球，她喜欢这项"女孩子"的运动。姚子涵不解了，足球怎么能是"女孩子"的运动呢？米歇尔解释说，当然是。男人们只喜欢"橄榄球"，她一点都不喜欢，它"太野蛮"了。

她们在对话，或者说，上课，一点都没有意识到阳光已经柔和下来了。等她们感觉到凉爽的时候，乌云一团一团地，正往上拱——来不及了，实在来不及了，大暴雨说来就来，用的是争金夺银的速度。姚子涵一个激灵，捂住了脑袋，却看见米歇尔敞开怀抱，仰起头，对着天空张开了一张大嘴。天哪，那可是一张实至名归的大嘴啊，又吓人又妖媚。雨点砸在她的脸上，反弹起来了，活蹦乱跳。米歇尔疯了，大声喊道："爱——情——来——了！"话音未落，她已经全湿了，两只吓人的大乳房翘得老高。

"爱情来了"，这句话匪夷所思了。姚子涵还没有来得及问，米歇尔一把抓住她，开始疯跑了。暴雨如注，都起烟了。姚子涵只跑了七八步，身体内部某一处神秘的部分活跃起来了，她的精神头出来了。如果不是身临其境，姚子涵这辈子也体会不到暴雨的酣畅与迷人。这是一种奇特的身体接触，仿佛公开之前的一个秘密，诱人而又揪心。

雨太大了，几分钟之后草皮上就有积水了。米歇尔撒开手，突然朝球门跑去，在她返回的时候，她做出了进球之后的庆祝动作。她的表情狂放至极，结束动作是草地上的一个剧烈的跪滑。这个动作太猛了，差一点就撞到了姚子涵的身上。在她的身体静止之后，两只硕大的乳房还挣扎了一下。"进啦！"她说，"进球啦！"米歇尔上气不接下气了，大声喊道："你为什么不庆祝？"

当然要庆祝。姚子涵跪了下去，水花四溅。她一把抱住了米歇尔，两个队友心花怒放了。激情四溢，就如同她们刚刚赢得了世界杯。这太奇妙了！这太牛掰了！所有的一切都是无中生有的，栩栩如真。

雨越下越猛，姚子涵的情绪点刹那间就爆发了，特别想喊点什么。兴许是米歇尔教了她太多的“特殊用语”，姚子涵甚至都没有来得及过脑子，脱口就喊了一声脏话：“你他妈真是一个荡妇！”

米歇尔早就被淋透了，满脸都是水，每一根头发上都缀满了流动的水珠子。虽然隔着密密麻麻的雨，姚子涵还是看见米歇尔的嘴角在乱发的背后缓缓分向了两边。有点歪。她笑了。

“我是。”她说。

雨水在姚子涵的脸上极速地下滑。她已经被自己吓住了。如果是汉语，打死她她也说不出那样的话。外语就是奇怪，说了也就说了。然而，姚子涵内心的“翻译”却让她不安了，她都说了些什么哟！或许是为了寻找平衡，姚子涵握紧了两只拳头，仰起脸，对着天空喊道：

“我他妈也是一个荡妇！”

两个人笑了，都笑得停不下来了。暴雨哗哗的，两个小女人也笑得哗哗的，差一点都缺了氧。雨却停了。和它来的时候毫无预兆一样，停的时候也毫无预兆。姚子涵多么希望这一场大雨就这么下下去啊，一直下下去。然而，它停了，没了，把姚子涵光秃秃、湿淋淋地丢在了足球场上。球场被清洗过了，所有的颜色都呈现出了它们的本来面貌，绿就翠绿，红就血红，白就雪白，像触目惊心的假。

五

姚子涵是在练习古筝的时候意外晕倒的。因为摔在了古筝上，那一下挺吓人的，咣的一声，压断了好几根琴弦。她怎么就晕倒了呢？也就是感冒了而已，感冒药都吃了两天了。韩月娇最为后悔的就是不该让孩子发着这么高的烧出门。可是话又说回来，这孩子一直都是这样，也不是头一回了。一般的头疼脑热她哪里肯休息？她一节课都不愿意耽误。“别人都进步啦！”这是姚子涵最喜欢挂在嘴边的一句话，通常是跺着脚说。韩月娇最心疼这个孩子的就在这个地方，当然，最为这个孩子自豪和骄傲的也在这个地方。

大姚和韩月娇赶来的时候姚子涵已经处于半昏迷状态，她吐过了，胸前全是腐烂的晚饭。大姚从来没见过自己的心肝宝贝这样，大叫了一声，哭了。韩月娇倒是没有慌张，她有板有眼地把孩子擦干净。知女莫若娘，这孩子她知道的，爱体面，不能让她知道自己吐得一身脏，她要是知道了，少不了三四天不和你说话。

可看起来又不是感冒。姚子涵从小就多病，医院里的那一套程序韩月娇早就熟悉了，血象多少，温度多少，吃什么药，打什么样的吊瓶，韩月娇有数。这一次一点都不一样，护士们什么都不肯说。从检查的手段上来看，也不是查血象的样子。那根针长得吓人了，差不多有十厘米那么长。大姚和韩月娇隔着玻璃，看见护士把姚子涵的身体翻了过去，拉开裙子，裸露出了姚子涵的后腰。护士捏着那根长针，对准姚子涵腰椎的中间部位穿了进去。流出来的却不是血，像水，几乎就是水，三四毫升的样子。大姚和韩月娇又心急又心疼，他们从一连串的陌生检查当中能感受到事态的严重程度。两个小时之后，事态的严重性被仪器证实了。脑脊液检查显示，姚子涵脑脊液的蛋白数量达到了八百九，远远超出四百五的正常范围；而细胞数则达到了惊人的五百六，是正常数目的五十六倍。医生把这组数据的临床含义告诉了大姚："脑实质发炎了。脑炎。"大姚不知道"脑实质"是什么，但"脑炎"他知道，一屁股坐在了医院的水磨石地面上。

六

姚子涵从昏迷当中苏醒过来已经是一个星期之后了。对大姚和韩月娇而言，这个星期生不如死。他们守护在姚子涵的身边，无话，只能在绝望的时候不停地对视。他们的对视是鬼祟的、惊悚的，夹杂着无助和难以言说的痛楚。他们的每一次对视都很短促。他们想打量，又不敢打量，对方眼睛里的痛真让人痛不欲生。他们就这么看着对方的眼窝子陷进去了，黑洞洞的。他们在平日里几乎就不拥抱，但是，他们在医院里经常抱着。那其实也不能叫抱，就是借对方的身体撑一撑、靠一靠。不抱着谁都撑不住的。他们的心里头有希望，但是，随着时间一点一点推移，他们的希望也在一点一点降低。他们别无所求，最大的奢求就是孩子能够睁开眼睛，说句话。只要孩子能叫出来一声，他们可以死，就算孩子出院之后被送到孤儿院去他们也舍得。

米歇尔倒是敬业，她在大姚家的家门口给大姚来过一次电话。一听到米歇尔的声音大姚的气就不打一处来了。要不是她执意去足球场，丫头哪里来的这一场飞来横祸？可把责任全部推到她的身上，理由也不充分。大姚毕竟是师范大学的管道工，他得体地极其礼貌地对着手机说："请你不要再打电话来了。"他掐断了电话，想了想，附带着把米歇尔的手机号码彻底删除了。

人的痛苦永远换不来希望，但苍天终究还是有眼的。第八天的上午，准确地说，凌晨，姚子涵终于睁开她的双眼了。最先看到孩子睁开眼睛的是韩月娇，她吓了一跳，头皮都麻了。但她没声张，没敢高兴，只是全神贯注地盯着孩子，看，看她的表情，看她的眼神。苍天哪，老天爷啊，孩子的脸上浮现出微笑了，她在对着韩月娇微笑，她的眼神是清澈的，活动的，和韩月娇是有交流的。

姚子涵望着她的母亲，两片嘴唇无力地动了一下，喊了"妈"。韩月娇没有听见，但是，她从嘴巴上看得出，孩子喊妈妈了，喊了，千真万确。韩月娇的应答几乎就像吐血。她不停地应答，她要抓住。大姚有预感的，已经跟了上来。姚子涵清澈的目光从母亲的脸庞缓缓地挪到父亲的脸上去了，她在微笑，只是有些疲惫。这一次她终于说出声音来了。

"Dad！"(爸！)

"什么？"大姚问。

"Where is this place？"(这是在哪儿？)姚子涵说。

大姚愣了一下，脸靠上去了，问："你说什么？"

"Please tell me, what happened? Why am I not at home? God, why do you guys look so thin? Have you been doing very tough work? Mom, if you don't mind, please tell me if you guys are sick?"（请告诉我，发生什么了？我为什么没在家里？上帝啊，你们为什么都这么瘦？很辛苦吗？妈妈，请你告诉我——如果你不介意的话——你们生病了吗？）

大姚死死地盯住女儿，她很正常，除了有些疲惫——女儿这是什么意思呢？她怎么就不能说中国话呢？大姚说："丫头，你好好说话。"

"Thank you, boss, thank you very much to give me this good job and with decent payment, otherwise how can I afford to buy a piano? I still feel it's too expensive, but I like it."（谢谢你，老板，感谢你给我这份体面的工作，当然，还有体面的薪水，要不然我怎么可能买得起钢琴？我还是要说，它太贵了，虽然我很喜欢。）

"丫头，我是爸爸。你好好说话。"大姚的目光开叉了，他扛不住了，尖声喊，"医生！"

"Thank you very much for all the respectable judges, I am happy to be here, —may I have a glass of water? Looks like my expression isn't clear, if you like, I would like to repeat what I've said, okay—may I have a glass of water? Water, God."（感谢所有的评委，非常感谢。我很高兴来到这里——可以给我一杯水吗？看起来我的表达不是很清楚，那我只好把我的话再重复一遍了——可以给我一杯水吗？水。上帝啊。）

大姚伸出手，捂住了女儿的嘴巴。虽说听不懂，可他实在不敢再听了。大姚害怕极了，简直就是惊悚。过道里传来了急促的脚步声，大姚胡噜一下就把上衣脱了。他认准了女儿需要急救，需要输血。他愿意切开自己的每一根血管，直至干瘪成一具骷髅。